TE DOU MINHA PALAVRA

NOEMI JAFFE

Te dou minha palavra

Companhia Das Letras

Copyright © 2025 by Noemi Jaffe

*Grafia atualizada segundo o Acordo Ortográfico da Língua Portuguesa de 1990,
que entrou em vigor no Brasil em 2009.*

Capa
Julia Masagão

Imagem de capa
Secreto, de Antony Pedroso, 2022. Técnica mista, 21 × 39 cm

Preparação
Ciça Caropreso

Revisão
Jane Pessoa
Camila Saraiva

*Todas as imagens ao longo são do acervo da autora, exceto as das pp. 17 (DR)
e 85 (Carla Bridi). Todos os esforços foram feitos para reconhecer os direitos autorais.
A editora agradece qualquer informação relativa à autoria, titularidade e/ou
outros dados, se comprometendo a incluí-los em edições futuras.*

Dados Internacionais de Catalogação na Publicação (CIP)
(Câmara Brasileira do Livro, SP, Brasil)

Jaffe, Noemi
    Te dou minha palavra / Noemi Jaffe. — 1ª ed. — São Paulo :
Companhia das Letras, 2025.

    ISBN 978-85-359-4062-6

    1. Ensaios brasileiros 2. Jaffe, Noemi 3. Memórias autobio-
gráficas I. Título.

25-264104   CDD-B869.4

Índice para catálogo sistemático:
1. Ensaios : Literatura brasileira B869.4
Cibele Maria Dias – Bibliotecária – CRB-8/9427

Todos os direitos desta edição reservados à
EDITORA SCHWARCZ S.A.
Rua Bandeira Paulista, 702, cj. 32
04532-002 — São Paulo — SP
Telefone: (11) 3707-3500
www.companhiadasletras.com.br
www.blogdacompanhia.com.br
facebook.com/companhiadasletras
instagram.com/companhiadasletras
x.com/cialetras

Ao meu pai, Eri

Um inseto idiota qualquer — uma mosca, um pernilongo — voa sobre um vulcão em erupção. Não há nada para ele por lá, ele quer ir embora, está muito quente, mas como é idiota fica rodopiando, levado pela força da fumaça em torvelinho, tonteia, não morre, escapa atrapalhado.

Olho meus olhos sem dó no espelho do hotel, aquele que aumenta a imagem. Digo vai, enfrenta. A pele como um pântano, rugas como rasgos, manchas, cravos, inflamações. Alguém disse que a vida é um processo inflamatório, e vejo a vida queimando, a pele dobrada e redobrada, vincada de tanto uso. Vida é gasto e estou gasta, o espelho que magnifica mostra a verdade e a verdade é a velhice.

Volto para o espelho normal e me maquio. Descobri o protetor solar com cor, que unifica o tom da pele. Desamasso o rosto, estico o bigode chinês e lembro do amigo no primário: Noemi, olhando para cima, você fica linda e não dá para ver como teu nariz é feio. Olho para cima: para sair bem nas fotos, projete o queixo para a frente, a papada não aparece, nem a pele do pescoço. Na revista, uma atriz italiana ensina: ame suas rugas. Maquiagem discreta, lápis preto na pálpebra inferior, batom nude, óculos de armação roxa, e estou pronta para parecer cinco anos mais jovem.

Observo as mulheres meio ou completamente velhas: estou melhor que aquela, essa está melhor do que eu, daqui a uns oito ou nove anos o disfarce será diferente e as coisas a disfarçar também. Sempre fui a caçula, agora nunca mais. Em quase todo lugar as pessoas me tratam com a deferência devida aos vividos. Estou ficando velha, mas tenho o espírito jovem. Grande merda.

Estou ficando, não sou velha ainda. Estou por um triz da velhice. Quando eu for velha, bem velhinha, talvez sinta orgulho de mostrar as rugas e as mãos manchadas, o cabelo ralo e um sorriso benevolente. Mas enquanto estou ficando — adeus, ano jovem e feliz ano velho — é como atravessar o Liso do Sussuarão. Ou o deserto entre o Egito e a Terra Prometida.

Sou independente mas já prevejo a dependência numa dificuldade maior de subir as escadas ou ao pedir para os meus filhos me explicarem um aplicativo. E a dúvida nova: o que vou deixar para os meus netos? Terei netos? O que será do nome e da história dos meus pais? Vivo para completar o diário de guerra da minha mãe e o livro que meu pai sonhava escrever, *O labirinto da solidão* — e para contar a história da Írisz, da Nadezhda e da Lili, judias e não judias, peregrinas que, como eu, estão ficando. Mulheres nem jovens nem velhas, estranhas entre estranhos, como a esposa de Lot, transformada numa estátua de sal somente por olhar para trás. Depender é pender para baixo, e é para lá que uma velha pende, ela fica mais baixa, as orelhas e o nariz crescem, os ossos ficam mais frágeis. Uma velha, quando cai, quebra o fêmur e precisa de ajuda. Eu já penso em ter uma barra de apoio no chuveiro, e se eu escorregar? Uma velha precisa de um celular à prova d'água com letras grandes. Será que vou ser uma vovozinha que conta histórias para os netos, sentada numa poltrona, com saias indianas e brincos mexicanos, ou vou ser uma vovó moderna, que leva os netos ao MOMA? E se eu não for nem uma coisa nem outra, será que serei famosa o bastante para me convidarem a dar palestras no Japão? Será que uma das minhas ídolas lerá um livro meu?

O corpo vai pendendo para baixo, e lá embaixo encontro uma

menina. Desde que ela descobriu, com quatro ou cinco anos, que seus pais eram sobreviventes de uma guerra contra os judeus e que sua mãe guardava numa caixa dentro do armário um diário escrito na Suécia — um diário que ela só podia olhar mas não ler, já que nem ler ela sabia, e o diário estava escrito em i-u-g-o-s-l-a-v-o —, essas vidas viraram histórias e as pessoas, personagens. A menina vivia nessas histórias e não prestava para a realidade. Sem amigos, perseguida, invejava a prima magra e boa aluna, tinha os pés chatos e se desequilibrava (as irmãs mais velhas não deixaram a mãe colocar botas ortopédicas nela; hoje as irmãs têm pés altos e finos e ela, pés largos e chatos), se isolava nas festas e prometia se suicidar. Assim que aprendeu a ler, seu tio Arthur a presenteava com livros estrangeiros e seu pai lhe deu a *Barsa* de aniversário e comprava enciclopédias de um vendedor ambulante. A coleção do Monteiro Lobato, *Meu pé de laranja lima*, *Poesia brasileira para a infância*, *Demian*, a Torá (todos os dias, no Renascença), letras do Chico Buarque, *O Pequeno Príncipe*, gibis da Mônica e os livros de adultos das irmãs dela. Na casa de sobreviventes de guerra, frequentada por refugiados da Rússia, da Polônia, da Romênia, da Iugoslávia e de outros países de nomes estranhos, ela escutava muitas línguas: português, ídiche, alemão, hebraico, húngaro e iugoslavo. A menina não entendia as línguas, mas escutava as palavras.

Na quarentena da pandemia ("quarentena", palavra que dona Lili usava para se referir ao tempo passado na Suécia, onde ela escreveu o tal diário), um dia esbarrei na minha cachorra e caí feio. No momento da queda, escutei o barulho do cotovelo quebrando. O osso se partiu e fui operada, um pino agora cola a articulação. Sozinha no hospital (na pandemia as visitas eram proibidas), numa noite de insônia virei para o lado e, próxima da porta, quase saindo, ela estava lá: a menina. Tinha uns seis anos. Segurava uma bonequinha de baiana típica, com saia de renda bordada e turbante na cabeça, a preferida da sua coleção. Eu disse Ei!, vem aqui, não vai embora. Ela veio e ficou me olhando. Você tá doente, ela disse, e eu mostrei o braço enfaixado. Eu também queria quebrar o braço, mas nunca quebrei, a Suely já quebrou o braço duas vezes e o gesso dela ficou todo rabiscado com frases dos amigos, como você quebrou o braço? Eu tropecei na minha cachorra. Ela deu um pulo, sentou na beirada da minha cama de hospital e perguntou:

Você fez, afinal?

Afinal... eu disse. Onde você aprendeu a falar assim?

Você fez? Fala.

Fiz e não fiz, eu respondi.

Seu rosto se transformou numa careta. A menina desceu da cama, fechou a porta e sumiu. Mas deixou a baianinha comigo.

AS PALAVRAS DA FAMÍLIA

João, você sabe por que as pessoas não têm rabo? Sabe o que quer dizer o ditado "Papagaio que acompanha joão-de-barro vira ajudante de pedreiro"? Qual será a origem da mente? Será que em algum tempo o ser humano não tinha "eu"?

Uma Holden Caulfield de saias perguntando para onde vão os patos quando o lago congela. Ou a versão feminina e mais velha do Pequeno Príncipe querendo saber quem enxerga, nos meus desenhos, um elefante engolido por uma jiboia. Fico indignada com quem não vê o elefante: "Vocês só veem um chapéu!". Herdei da minha mãe uma inocência pasma. Meu pai não ficava atrás na quantidade de perguntas, mas suas questões eram objetivas: por que os Estados Unidos não entraram antes na Segunda Guerra? Como é possível que existam tantas grafias diferentes para o som do "s"? Por que existe passado perfeito e passado imperfeito? "Todo passado é imperfeito." Seu Aron era um filósofo à revelia, obcecado por charadas: "Que ê, que ê, está em começo de 'rua', meio de 'cara' e fim de 'mar'"? A resposta era a letra erre, que ele pronunciava como "eri", seu apelido. "Eri." Era ele que estava no meio da cara,

com seu nariz-árvore, no fim do mar, por onde escapou para o Brasil, e no começo da rua, onde caminhava de casa para a loja, da loja para o banco, do campo de futebol para a escola em Bačka Palanka.

"Que ê, que ê, quanto mais tira maior fica? Se você acerta, Nô, amanhã compro presente."

Fiquei o dia inteiro pensando. Podia ser o fogo, mas não, não era. O pó. Minha mãe dizia que quanto mais pó ela tirava, mais pó aparecia. Me rendi. A resposta certa era "um buraco". "Quanto mais cava buraco, mais grande fica." "É *maior* que fala, pai, não *mais grande*." "Mais grande, maior, *nu!*, que diferença faz, importante que gente entende." No dia seguinte, fui com ele à rua 25 de Março e ganhei um presente mesmo assim. Eu só não sabia que outra resposta para a charada do buraco — o que é, o que é que quanto mais se tira, maior fica — é a memória.

No Bom Retiro, um refugiado de guerra perambulava pelas ruas arrastando a barra de sua única calça, um chapéu amassado na cabeça e um sorriso torto que ao mesmo tempo implorava e debochava. Esbarrando em qualquer pessoa, ele abria o paletó bem largo, quase o dobro do seu tamanho, como um títere com roupas demais, e mostrava um sem-fim de mercadorias nos bolsos internos: giletes, botões, pinças, alicates de unha, canetas, lápis, moedas e selos estrangeiros, decalques, dedais, agulhas e linhas.

Meus pais também, toda noite, todo dia, abriam uma espécie de paletó, de onde iam tirando lembranças. Como aquela mágica do cone, com um pano que nunca termina, as memórias deles não acabavam: cidades iugoslavas com nomes estranhos, Senta e Bačka Palanka; perseguições antissemitas, mochilas roubadas, espancamentos, a prisão pelos nazistas e os campos de concentração de Auschwitz e Strasshof, a morte dos pais dela na câmara de gás e o desaparecimento do pai dele, a epopeia do retorno à Iugoslávia e, finalmente, a vinda para o Brasil.

E quanto mais histórias contavam, maior a memória-buraco

ficava, um poço sem fundo que vinha do passado deles e ia se tornando o meu. Ainda pequena, eu já tinha um passado, desde um parente polonês que chegou ao Brasil no começo do século xx, fugindo de um casamento fracassado, até viagens, lutas e castigos épicos. Fios que, puxados, se enroscavam aos poemas do livro *Poesia brasileira para a infância*, a Abrão e Isaac quase sacrificado, ao Demian destruindo a casca do ovo, à Carolina na janela que não viu o tempo passar.

Todas as amigas da escola tinham pais brasileiros. Só eu era Filha de Sobreviventes. A mãe da Suely: psicóloga; a da Sandra: fonoaudióloga; e a da Judite: professora. Mães que usavam biquíni e conversavam com as filhas sobre sexo e política. Já a minha trabalhava o dia inteiro cortando tecidos e mal sabia que estávamos numa ditadura. Os pais delas eram advogados e médicos, viajavam para fora do país e compravam apartamentos com varanda em Higienópolis. O meu não sabia bater à máquina, não conhecia a capital de nenhum estado brasileiro nem queria sair do Bom Retiro. Meus pais não captavam a diferença entre "vovó" e "vovô", não sabiam usar o plural, cometiam erros ortográficos e eu sentia vergonha.

E orgulho. Os dois eram Sobreviventes e eu era a filha deles, sobrevivente dupla. Sempre que me perguntavam de onde meus pais eram, eu respondia com a mesma frase: "Iugoslávia. Chegaram aqui em 1949, depois da guerra, os dois passaram por campos de concentração". Eu era filha de heróis. O nome "Iugoslávia" era outro mistério. Nem Polônia nem Rússia nem Alemanha. Ninguém conhecia direito esse país.

Uma disputa silenciosa — alimentada por meu pai — comparava a intensidade do sofrimento de cada um. Ele perdia: Strasshof era um campo de trabalhos forçados, não de extermínio, como Auschwitz. Em Strasshof ninguém morreu, o estábulo onde ele dormia com a mãe era quente e seu trabalho, limpar bosta de vaca, não era pesado. Dona Lili perdeu os pais, foi torturada, traída pelo irmão e pelas primas. "Mas não sofre direito. Nem pensa em passado. Acha que pode viver só presente."

De noite, meu pai se deitava do meu lado e contava piadas e histórias da guerra e da infância. De vez em quando, ele se trancava comigo no meu quarto, colocava um disco triste na vitrola portátil cor de laranja e, ouvindo as canções em silêncio, chorava, deitado no meu colo ou eu no dele. Seu choro pequeno, no escuro reservado do quarto: o passado no presente, a dor sem redenção, a promessa não cumprida de um Brasil próspero e livre.

Não me importo de dizer que meu pai era um homem feio. O nariz, o principal responsável pela feiura, era uma árvore plantada no meio do rosto. Além do mais, tinha orelhas de abano e pouco cabelo. Todas as piadas sobre judeus narigudos cabiam nele: "Sabe por que judeus têm nariz grande? Porque o ar é de graça…". Mas o que importava não eram o nariz nem as orelhas, e sim os olhos. Castanhos e às vezes verdes, dentro deles eu via o mar: "Mar, mêlhor terapia; não precisa psicólogo, só ficar em mar, que cura todos males". Foi pelo mar que ele veio parar aqui, fugindo da Iugoslávia e da guerra, de onde nunca saiu. Continuava em Bačka Palanka, "Mêlhor cidade do mundo", onde o tempo passava mais devagar e onde ele não teria envelhecido como no Brasil, país que parecia promissor, mas que era uma merda igual a todos os outros. Continuava suportando as perseguições, o desaparecimento misterioso do próprio pai e o campo de trabalhos forçados, com o qual mantinha uma relação ambígua que o torturava: o horror, mas certa nostalgia das vacas, do estábulo e da rotina simples. E continuava se apaixonando pela menina Lili, preenchendo as páginas do diário dela com cartas de amor, seguindo-a até Budapeste e seduzindo-a a se casar com ele e vir para o Brasil, onde ele já tinha uma família grande e estabelecida, não sem antes passar seis meses num campo de refugiados dentro da Cinecittà, espiando de longe Rosselini e Anna Magnani filmarem *L'amore*.

Ele era feio. Mas bonito. Cada mínima lembrança sua era uma história com começo, meio e sempre o mesmo fim: "Não sou homem feliz, felicidade não existe. Feliz só pescador que não precisa nada. Amor, coisa abstrata".

Lembrar, a especialidade do meu pai, não é o contrário de esquecer. Para esquecer, lembro; esqueço o que lembro, lembro que esqueci. Se seu Aron lembrava, dona Lili esquecia.

Também não tenho vergonha de dizer que minha mãe sofreu mais do que ele. Dizem que sofrimento não se mede. Se mede, sim. Quando a dor é carregar uma pedra sobre a cabeça, ajoelhada no cascalho, por ter confessado um crime que não cometeu, quando a dor é essa, sofrimento se mede. Dona Lili passou por Auschwitz e Bergen-Belsen, de onde foi resgatada pela Cruz Vermelha e levada para Malmö. Refugiada na Suécia, recusou a oferta do governo de permanecer lá, talvez por achar que alguém tivesse sobrevivido em Senta, sua cidade. Quando contava de Senta, como fazia em todas as lembranças, ela não resistia: "Nasci em Senta, levanta, Senta, levanta".

Em Senta, ela encontrou o irmão, e o que sonhara como um final feliz foi outro desastre. Ele havia roubado os documentos dela, passado para uma menina de catorze anos por quem tinha se apaixonado e partido num navio americano para os Estados Unidos. Tio Nickie sequestrou o nome dela, que passou a ser usado pela namorada dele, Líli Stern, minha tia. Com vinte anos, minha mãe se viu sozinha, sem nome, sem dinheiro, sem parentes. Suas primas, três irmãs com nomes, maridos e futuros definidos, foram para os Estados Unidos. Só a menina ficou perdida naquele presente e, por conveniência, acabou se casando com meu pai, recuperando, assim, seu nome. Não mais Líli Stern, mas Lilí Jaffe, outra Lilí, nunca mais aquela.

Sempre fiz questão de marcar bem a diferença entre "Líli" e "Lilí". "Líli" é a ladra, a outra. "Lilí" é a verdadeira. "Eu levo a vida cantando/ Ai Lili, ai Lili, ai lou/ Por isso sempre contente estou/ O que passou, passou/ O mundo gira depressa/ E nessas voltas eu vou/ Cantando a canção tão feliz que diz/ Ai Lili, ai Lili, ai lou/ Por isso sempre contente estou/ Ai Lili ai Liliiiiiiii ai lou" — a minha Lilí dizia que, no filme, a Leslie Caron cantava essa música para ela. E tinha razão.

Não é que minha mãe não lembrasse. Ela lembrava, mas sempre das mesmas coisas. Nem uma palavra a mais do que as das páginas do diário preenchido assim que ela chegou a Malmö. Um caderno com capa de couro praticamente inteiro escrito com a letra dela, tão suave que mal tocava a linha. A crônica da prisão, da guerra e da salvação narrada no tempo presente, com as datas fora de ordem, o dia 15 vindo antes do 13... "Estamos sentados na sala e minha mãe assa bolos; minhas primas me pedem para confessar o roubo de uma barra de manteiga e eu aceito: o que tenho a perder?; todos jogam chocolates e balas para dentro do nosso trem; um rapaz está olhando para mim, será que me acha bonita?" Nas páginas finais, cartas de amor apaixonadas como se saídas de um filme hollywoodiano dos anos 1940, na letra firme e oblíqua do meu pai.

Esse diário era sua memória do passado. E só. "Mãe, lembra de alguma palavra falada no campo?" "Não. Não lembro de nada, não quero." Uma placa guardava a porta das suas memórias tristes: "Proibida a entrada. O que entra aqui, nunca sai". Se ela se dedicasse ao passado com o mesmo empenho que meu pai, naufragaria. Se ele chegava à praia do Guarujá às oito da manhã e passava horas no mar e à beira dele construindo castelos com pingos de areia molhada, ela só molhava os pés e voltava correndo para o guarda-sol. Só muito mais velha, alguns anos antes de morrer, minha mãe se permitiu enxergar entre as linhas do diário e contar coisas que nunca tinha contado, e me dizia sofrer mais se lembrando da guerra na

velhice do que durante a própria guerra. Anos e anos bloqueando o ressentimento e o desejo de vingança para, perto dos noventa, confessar de repente: "Por que me ofereci para admitir um crime que eu não tinha cometido? Por que minhas primas fizeram isso comigo? E por que meu irmão, depois de me proibir casar com o homem que eu amava, ainda roubou meus documentos? Por que fui tão boba?".

Ele não aceitava a opção do esquecimento. Lembrar é um dever, um compromisso, quem sofreu e esquece está se mutilando e negando a vida. Depois que ele descobriu a palavra "nostalgia", não largou mais.

Ela não aceitava a opção da lembrança. Esquecer é a única forma de seguir vivendo, quem sofreu e se dedica a lembrar está se mutilando e negando a vida.

Ele queria acordar no meio da noite e conversar sobre o passado.

Ela se deitava e, depois de uma oração breve, adormecia.

Viajar, só para ver os parentes, afinal todos os países são iguais, têm lugares bonitos e feios. Bom mesmo é ficar em casa e no Bom Retiro, uma nova Bačka Palanka, um *shtetl,* ou um vilarejo no interior da Europa do início do século, os mesmos loucos, mendigos, comerciantes e casamenteiras.

Viajar e conhecer lugares novos é a melhor coisa que existe, o Bom Retiro é feio e sujo, todas as amigas dela já moravam em Higienópolis.

De manhã, a briga se repetia:

"*Ashkezém*, ela não quer lembrar nada!"

"*Ashkezém*, ele quer lembrar tudo!"

Ashkezém. Algumas palavras não existem em língua nenhuma e são intraduzíveis: *ashkezém* é *ashkezém*. Em casa, nós, as filhas, apenas intuíamos: "Que absurdo", "Como pode uma coisa dessas?", "Que maravilha", "Não consigo acreditar". Tanto ele quanto ela, para falar mal um do outro, repetiam: "*Ashkezém*".

No meu caderno de lembranças, minha mãe escreveu um poema, cada frase começando com uma letra do meu nome:

Na sua infância
O melhor aproveitar
Estudar tudo que é
Melhor. Porque na sua
Idade tudo se aprende fácil

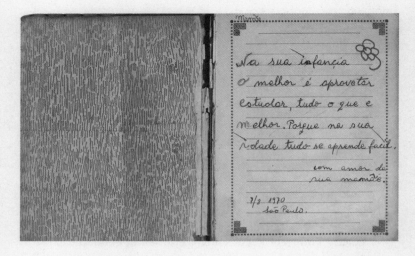

Ela esquecia onde tinha guardado a carteira de identidade, a conta de luz, um ingrediente do goulash e o nome de uma pessoa conhecida. Da guerra, esqueceu tudo o que não estava naquele diário e se admirava, quando contava as próprias histórias, de que tudo aquilo tivesse mesmo acontecido com ela. "Como aguentei tanto frio?" A distância que mantinha entre a narração e os fatos era tamanha que eu chegava a duvidar. Em Auschwitz, quando vi o nome dela numa lista de prisioneiras que trabalhavam na cozinha, "Lili Stern", grafado por um oficial nazista, o fato ressuscitou e me deu um soco na cara: era tudo verdade.

Quase não se importava em perder coisas. Podia ser uma blusa, um copo ou até um amigo. Quando eu reclamava de ser rejeitada na escola, ela dizia: "Não faz mal, a gente perde amigo um dia, ganha outro no dia seguinte". No fim, tudo daria certo, ela era otimista nas situações menos promissoras. (Existem muitas interpretações para a tradição de quebrar um copo com os pés no dia do casamento judaico e todos gritarem "*Mazal Tov!*". Um dia, durante o luto de uma pessoa próxima, um rabino me disse que quebrar um copo simboliza a irrelevância das coisas diante do amor. Por que se

importar com copos?) Se o dia seguinte era outro dia útil de trabalho, era preciso dormir e não ficar lembrando. Minha mãe não tinha tempo nem vontade para um amor apaixonado. Para ela, como
para a mulher de Tevie no filme *Um violinista no telhado*, amar era
estar junto, cuidar das filhas e continuar viva.

Ela me dizia, sem pudor, que nunca tinha se apaixonado por
meu pai e que aprendeu a amá-lo com o tempo; ele era honesto,
trabalhador e esperto nos negócios. Sempre reconheceu que foi
graças a ele que saíram da pobreza. Mas ela não podia, não conseguia sentir paixão. Dona Lili tinha uma forma às vezes constrange-
dora de ser direta e dizia na cara dura, para a própria pessoa, que a
roupa dela não estava bonita ou que a pessoa havia envelhecido.
Não tinha aptidão para o teatro do mundo, e esse comportamento
podia beirar o ofensivo. Ao ganhar um relógio de ouro e diamantes
da H. Stern, comprado com o sacrifício de um ano, ela disse: "Não
gostei". Diante do olhar incrédulo de todos nós e do choro do meu
pai, continuou: "Estou falando verdade. Que mal faz? Gostei muito
presente, estou muito agradecida, mas gostaria trocar, onde vou
usar coisa tão chique? Até perigoso, *ashkezém*". Ele não falou com
ela por mais de um mês.

Já seu Aron se lamentava que, quando a conheceu em Senta, e
depois em Budapeste e em Roma, ela era diferente, uma menina
"pura e doce". Como tinha se tornado tão dura? Sim, era trabalha-
dora e carinhosa com as filhas, mas isso não era amor. Amor mesmo era o de *Shangri-Lá*, o filme de que ele mais gostava. Assisti a
esse filme com os dois umas cinco vezes e meu pai sempre saía chorando, com a certeza de que a vida devia ser daquele jeito: todos vivendo bem e como iguais, sem luxo, homem e mulher que "nasceram um para outro".

Perto de um ano antes de ele morrer, numa crise que o levou
ao hospital, os paramédicos foram buscá-lo em casa e ele começou

a se debater. Perguntaram se ele queria alguma coisa e, murmurando, meu pai apontou para minha mãe e disse: "O amor dela".

Mas seu Aron não seria feliz em circunstância nenhuma, nem mesmo com esse amor. Bačka Palanka ou Strasshof, tanto fazia, ele nunca saiu de *lá*; era o exílio que doía. Sua revolta política era como uma febre, ele devia ter ido para Israel, o Brasil não cumpriu a promessa de prosperidade dos anos 1950 e, mesmo no hospital, despertando de um coma, a única conversa que tivemos foi sobre o Lula ("A salvação do Brasil") e a posição da Inglaterra na Segunda Guerra ("Churchill podia ter feito muito mais").

Eu fazia a roda-gigante girar com toda a força para o lado direito, ela girava cada vez mais forte e rápido para esse mesmo lado, para esse mesmo lado, até que, de repente, eu tinha que fazê-la girar, sem frear, para o lado esquerdo. Eu me desafiava nesse jogo todas as noites antes de adormecer e ia aumentando a dificuldade e a velocidade da roda, até que mudar a direção do giro fosse impossível. Ainda não sabia com quem nem por que estava brigando, mas essa disputa noturna com a roda-gigante, sozinha na cama, me fortalecia; eu precisava me transformar em personagem, lutar com algum antagonista para conquistar o cetro de heroína. E numa casa onde se falavam cinco línguas — iugoslavo, húngaro, hebraico, ídiche e alemão —, essa conversão em protagonista de uma epopeia não era tão difícil. O português, em casa, era uma língua secundária, com palavras e regras impossíveis e pronúncia "sem lógica, *ashkezém*". De tanto conversarem em iugoslavo, acabei aprendendo um pouco; do alemão e do ídiche eu não entendia nada e do húngaro menos ainda. Com minha avó eu só conversava em hebraico e, no Renascença, o idioma era tão importante quanto o português. Como Elias Canetti em *As vozes de Marrakech*, que preferia não entender o árabe, essas línguas misturadas eram como uma poção diária de mistério, como se eu morasse em algum departamento de imigração judaica, indo de um *shtetl* polonês para a Iugoslávia, de lá para um campo de concentração na Polônia e outro na Áustria, depois para a Suécia, de volta para a Iugoslávia, embarcando num navio clandestino para a Hungria e num barco de refugiados para Itália, Uruguai, Brasil. Em cada estação de trem, em cada atracadouro ou porto, uma história cômica ou trágica, com salvadores, espiões, torturadores, vilões, perseguidores e heróis: eu não precisava de livros para imaginar sagas faladas em línguas mitológicas.

Uma enciclopédia judaica, uma de humor judaico, uma de plantas medicinais — todas compradas do mesmo vendedor ambulante, que também vendia *slivovic*, uma aguardente típica dos Balcãs, livros de receitas, uma coleção de livros de Stephen Crane, outra de Agatha Christie. Eram esses os livros da casa, numa estante estreita do corredor. Certamente pela quantidade de palavras das tantas línguas, pela intensidade das histórias cotidianas e pelos livros mais cultos das minhas duas irmãs — Carlos Castañeda, Fernando Pessoa, Jung, Hermann Hesse, Jorge Amado —, era neles que eu me espelhava. No *Poesia brasileira para a infância*, em *Meu pé de laranja lima*, *Flicts*, *Demian*, *O Pequeno Príncipe*, *O menino do dedo verde* e na Torá, a jornada de seu Aron e de dona Lili prosseguia. Era nos livros que eu podia ser, como os dois, Sobrevivente e Salvadora. Meus heróis eram do contra, e eu me identificava com eles porque eles não se identificavam com ninguém. Se eu era desajustada, isso era um trunfo mais do que um problema; quem estava errado eram os outros, os obedientes.

Moisés libertava os judeus dos campos de concentração e os levava para o asteroide 3251, não sem antes partir ao meio o rio Amazonas, onde navegava a Rosinha na sua canoa. O Zezé se encontrava com o louco da turma da Mônica e eles planejavam ir juntos para Flicts, mas, para isso, precisariam construir a Torre de Babel, agradecendo por terem sido condenados a falar muitas línguas, uma punição abençoada, que os obrigou a falar chiídiche, inglúngaro ou iugosguês. Eu me sentava na janela do quarto dos meus pais, que dava para uma laje, com um caderno entre as pernas e fazia listas das semelhanças e diferenças entre as línguas: "puta", em iugoslavo, é "vezes" (quando íamos ao Bradesco, meu pai fazia contas em voz alta só para me ver rir de vergonha: "*Iedan puta dva, puta tchetiri, puta deset*"); "bunda", em húngaro, é "casaco" (quando minha mãe chegou ao Brasil fez de tudo para "vender sua bunda de peles", inútil nos trópicos); *pots, schmock* e *shmendrick* eram xingamentos em ídiche; *sarviete* era "guardanapo" em iugoslavo, parecia "sorvete", mas vinha do francês *serviette*. Meu pai não ia ao barbeiro, e sim fazia "flissura", não "passeava", "fazia promenada", namoro era "randevu" e batata, *krompir*. As línguas que eu escutava, tão estranhas, me faziam também inventar o chinês, o hindu e o francês. Línguas e palavras como ossos, estruturando o corpo e o mundo, como se eu morasse nelas. As palavras são minha paisagem e quando olho para os lugares — uma montanha, uma praia, o céu — só os vejo através de palavras. Não sei contemplar, só narrar.

Imitando os heterônimos do Fernando Pessoa, eu encarnava personagens com nomes, histórias e personalidades próprios. No ônibus, voltando da escola de inglês, eu era a Sarah Miles, que falava português com sotaque; no vão do Masp, bancando a profunda, meu nome era Laura Larau; caminhando pela avenida Paulista e pela rua Augusta, a nômade era Leda Mandeu; e, no Ichud, discutindo política, argumentava na pele de Djamila Abuahab, e ninguém entendia por que eu falava grosso. Os personagens dos livros e dos discos eram como moldes: ser Demian e destruir um mundo quebrando a casca do ovo, ser Maria Bethânia e sonhar mais um sonho impossível. Ser o próprio "menino impossível", do poema do

Jorge de Lima e morar num dos asteroides visitados pelo Pequeno Príncipe.

Na Torá, os escravos judeus eram perseguidos pelo faraó (os judeus perseguidos pelo nazismo) até serem salvos por Moisés (a Cruz Vermelha, os russos, os americanos), que os conduzia à Terra Prometida (Israel, Brasil, Estados Unidos), não sem antes morrer como um herói que se sacrificava pelo povo (meu tio partisan, o homem que meu pai queria ter sido). A paixão de Jacó por Raquel era igual à do meu pai e a coragem da rainha Esther, desafiando o rei Ahasverus, igual à da minha mãe. A família de Lot conseguiu fugir de Sodoma e Gomorra em chamas e, como minha mãe dizia, o certo era olhar para a frente. A esposa de Lot, por ter olhado para trás, foi transformada numa estátua de sal. Dona Lili não queria que isso acontecesse com ela.

Só depois de alguns anos aprendi o que eu ainda não sabia enquanto tentava girar a roda-gigante ao contrário. Só existem duas respostas possíveis para uma grande dor: sempre lembrar ou esquecer para sempre.

Todo shabat, quatro homens e quatro mulheres se separavam em duas mesas cobertas de feltro para jogar buraco, e eu observava, espantada, a forma rápida como meu pai embaralhava as cartas. Parecia um crupiê, para a frente, para trás e para os lados, as cartas se cruzando para formar um monte embaralhado, tudo pronto para uma partida nova. Com as línguas e as histórias também era assim, pessoas andando pelo mundo como peças de um tabuleiro, embaralhando tudo.

Iugoslavo

Mesmo dominando o português, meus pais conversavam entre si em iugoslavo: "*ni e lepo*", "*laje!*", "*colco ima sati*", "*ne ima niko kutchi*" ("Não é bonito", "Mentira!", "Que horas são" e "Não tem ninguém em casa") eram expressões que eles usavam no meio de frases em português. Palavras quase sem significado e que eu repito até hoje, como moedas que sobram de uma viagem, amuletos que retornam sozinhos e surgem no meio de uma conversa ou do banho. "*Ne ima niko kutchi*", ou "Não tem ninguém em casa", dita assim, em sérvio, é como uma sentença do destino, mas era só a frase que meu pai dizia quando ninguém atendia o telefone. Essas frases íntimas, como as do livro *Léxico familiar*, dizem mais do que querem dizer, ou melhor, querem dizer mais do que dizem, como se existisse uma vontade das palavras e das frases que vai sendo cosida na memória e que salta por conta própria: "*Ne ima niko kutchi*", não tem ninguém em casa.

Inconformado com a "pobreza" do português para expressar algumas coisas, meu pai "iugoslavizava" as palavras: "Dai me documenti", "Dê e canetu", "*Neznam* nada de *nishta*" e a insubsti-

31

tuível "Eu te *volim*", um amor sérvio tão enraizado que era impossível traduzir. Senta, Subotica, Dubrovnik, "cidade mais linda de mundo depois de Bačka Palanka", rio Danúbio, nomes que ele falava como se fossem íntimos de todos. As praias do Adriático, na costa italiana ("muito mais lindas que em Brasil"), "Belgrado igual São Paulo" e os times de futebol de lá, cujas seleções das décadas de 1920 e 30 ele sabia de cor. Numa carta oficial escrita em sérvio, o Exército americano informava que o irmão do meu pai tinha se afogado no Danúbio, rio também em que minha mãe viajou num barco clandestino depois de pagar oitocentos dólares para um coiote atravessá-la até Budapeste. Quando ela comemorou seus oitenta anos, nós quatro — minha mãe e as três filhas — fomos conhecer esse rio do Leste. Olhando bem, lá para onde estão as coisas que já não existem, pude ver o barco proibido no qual minha mãe se encolheu toda para se esconder de um guarda costeiro que vasculhava o barco com uma lanterna. Mas também vi os dois, Lili e Eri, nadando no Danúbio num domingo de sol, ela posando de maiô feito uma pinup.

Uma vez por semana, voltando para casa pela rua Três Rios, passávamos na Doceria Burikita, e, sentados nos fundos da loja, meus pais conversavam com os donos em iugoslavo. A clientela, a vida pela hora da morte, notícias de parentes, um negócio que faliu, o governo era uma merda, como era bom na Iugoslávia... O importante não era o assunto, mas a língua, o lugar onde o exilado mora. Eu só entendia fragmentos e tentava preencher as lacunas (um jogo que minha mãe e eu praticávamos nas revistas de palavras cruzadas). Como não judeus, a razão da fuga dos donos da Burikita tinha sido outra: a perseguição soviética. Enquanto eles conversavam, os funcionários estendiam a massa dos doces numa mesa tão comprida quanto a da loja dos meus pais. A massa e o pano eram cortados pela dona Burikita e pela dona Lili, para fazer *burekas* e saias, as duas iugoslavas se virando com o pouco que sabiam.

O carro-chefe da doceria era o mil-folhas, um doce histórico na família, cujo mito de origem tinha sido um campeonato, disputado em Senta, para ver quem conseguia comer o maior número deles em meia hora: "Só consegui comer dois, e ainda com esforço, mas menino comeu dez e ficou todo inchado e babado, foi para hospital, mas ganhou prêmio".

"Qual era o prêmio, mãe?"

"Dez doces de mil-folhas."

No restaurante iugoslavo, um na Ribeiro de Lima e outro na Rodrigues Alves, essa era a sobremesa obrigatória, e a piada, sempre necessária, não falhava: "Vamos contar se tem mesmo mil folhas, esse só tem 999". Hoje esse doce perdeu a aura e o recheio de creme: agora vem recheado com chocolate, ou nozes, ou pistache e até com mousse de maracujá. Acabou ficando como esses chaveiros da Monalisa espalhados nas lojas dos aeroportos: em qualquer lugar tem um, ninguém mais se empanturra de doce até ir parar no hospital e as pessoas comem, no máximo, umas trezentas folhas.

O restaurante da Vila Mariana ficava dentro do clube sérvio. Na fachada, um brasão com uma cruz e quatro letras "C", que correspondiam a: "*Camo cloga cpbna cpacaba*", ou seja: "Só a união salva os sérvios".

Meu pai fazia uma careta, sem me explicar por quê, e só bem mais tarde descobri que, na opinião dele, CCCC era um símbolo fascista. Mesmo desgostoso, ele continuava frequentando o restaurante, pois era lá que serviam o melhor *civapcece* (que se pronuncia "tchiváptchetche") e a melhor *spanakopita*. O pedido não variava: cinquenta *civapceces*, *bureka* de espinafre e queijo e mil-folhas de sobremesa.

"Iugoslavo", em iugoslavo, é *srpsk*, palavra que me dava orgulho saber pronunciar. Uma língua quase sem vogais, não silábica como o português, e meu pai me desafiava com um trava-línguas impossível: "*Na vrh brda vrba mrda*", ou "No alto da montanha o chorão balança". Não me importo que não se possa mais dizer "Iugoslávia", sei que o correto é "Sérvia" e que o país onde nasceram não existe mais; só não admito dizer que eles eram sérvios. A Sérvia é um lugar que existe, enquanto a Iugoslávia é o lugar que não existe.

Quando estive com minha mãe em Senta, ela não quis entrar na escola onde estudou, não quis ir ao cartório ver sua certidão de nascimento e não reconheceu o local onde ficava sua casa, vendida por mil dólares. Preferiu nos mostrar o rio Tisa e comer *civapcece* num restaurante simples de esquina, o melhor que já comi. As três filhas precisaram insistir em ir até o cemitério e implorar para o porteiro velho de roupa rasgada abrir a porta. Caminhando na terra entre lápides sujas e semienterradas, achamos o sobrenome Stern numa delas. Minha mãe não sabia quem estava enterrado ali, talvez um tio, perdera a conta de todos que morreram. "Esqueci, não adianta, não lembro, que importância tem mortos velhos?" Na saída, vi uma árvore carregada de ameixas e perguntei ao porteiro desdentado e sorridente se eu podia pegar uma. Ele mesmo colheu e me estendeu a ameixa: tinha gosto de *slivovic*, a aguardente de ameixas que meu pai comprava do vendedor ambulante de enciclopédias.

Sozinha em Viena, faz pouco, vi um restaurante sérvio. Entrei. Uma lanchonete pequena, um balcão alto, quatro pessoas sentadas de cada lado, e só. Sentei num canto perto da janela e fiquei escutando: *"shta radish"*, *"shta otchech"*, *"neznam"*, *"tchekam"*, *"shta mogu da uradim?"* ("O que você anda fazendo?", "O que você quer?", "Não sei", "Espera", "O que eu posso fazer?"). As vozes altas, a mesma musicalidade da fala, uma rádio sérvia tocando ao fundo e, no cardápio, os mesmos pratos da dona Lili: *civapcece* (carne moída de boi e de porco misturadas e muita páprica), repolho recheado com arroz e carne moída, pimentão assado, e de sobremesa... mil-folhas. Esses pratos típicos, a vitrine embaçada com os picles girando, as atendentes se expressando com palavras que nutriam minha memória-buraco... Comecei a chorar na frente dos bolinhos de *civapcece*. *"Ona placa, neka pomogne."* ("Ela está chorando, vamos ajudar!") Elas só sabiam falar sérvio e alemão e eu, inglês e português, mas "guerra", "Brasil", "meus pais" e "comida" elas entenderam, e choramos juntas. Saí de lá com um pacote de preparado para bolo vindo diretamente da Sérvia.

Húngaro

"Não adianta, Nôemi, você nunca vai aprender falar direito. Húngaro muito difícil." Para Guimarães Rosa, a língua das proparoxítonas era a língua do diabo e, chegando em território húngaro de táxi, a única coisa que me fez sentir parte do mesmo mundo foi a placa do McDonald's. De resto, todas as palavras pareciam de outro planeta: *foldüt, køzpont, város, tilttøt*... Era como aportar em algum passado visigodo. Nas livrarias de Budapeste eu buscava um livro sobre "os mistérios da língua húngara", uma língua de origem controversa, vinda dos montes Urais, parente dos Nenet ou Selkup, do mansi ou ostíaco e dos "mais familiares" estoniano e finlandês. Geograficamente tão próxima, e ainda assim tão distante da Sérvia, da Áustria, da Eslováquia e da Croácia. Os donos das livrarias me olhavam indignados: "A língua húngara não tem mistério nenhum".

Senta: cidade bilíngue, sérvia e húngara, na fronteira com Szeged, já na Hungria, um ponto no mapa onde, no início do século XXI, só havia um único computador, ruas de terra e ciganos acampados. Talvez viessem de lá os sonhos arquetípicos de dona Lili, assim como sua capacidade de interpretá-los sem nenhuma mediação. Sacos de trigo: gravidez de menino (antes que a própria pessoa soubesse); anjos: uma visita inesperada; e bruxas: alguma doença ou morte próxima. Sérvia-húngara desde menina, ela falava húngaro com fluência e sem sotaque, diferentemente do meu pai, que só havia passado um ano em Budapeste. Se minha mãe não tinha família no Brasil e se meu pai, além do húngaro, falava sérvio, só o húngaro era o lugar em comum entre eles, e era nessa língua que trocavam segredos, aumentando ainda mais a carga de mistério diabólico.

Com oitenta anos, era mais importante para dona Lili nos mostrar a Medve Utca, ou a rua do Urso, onde ela tinha morado por pouco tempo, do que a própria Senta. Afinal, Budapeste era a *sua* cidade grande, com um rio mítico, o Danúbio, a ilha Margarete, hotéis, um mercado central e a divisão entre Buda e Peste, separadas por uma ponte. Medve Utca. Demoramos para encontrá-la, e o caminho a pé até lá, na cidade antiga, não era só espacial, mas temporal; cada esquina representava uma década tanto do passado dela como do passado europeu: os sapatos moldados em ferro à beira do Danúbio, a casa de Béla Bártok, uma sinagoga do século xiii minúscula e escondida, panquecas de maçã, um museu medieval do marzipã, hotéis decadentes do século xix com termas e mulheres gordas, velhas e nuas nas piscinas, até finalmente encontrarmos a rua do Urso, sem urso, sem o prédio onde ela morou, sem nada de que lembrasse: "Vamos embora, não lembro nada".

No hotel de judeus ortodoxos onde ficamos hospedadas, era proibido falar alto, reclamar ou usar o telefone, e acabei brigando com o gerente/atendente/garçom/copeiro que mal falava inglês. Fui telefonar numa cabine da esquina, onde precisei esperar minha vez por mais de meia hora, enquanto um senhor falava numa língua que misturava húngaro com ídiche, ria, chorava e gritava: "*Budapest, Auschwitz, ashtzik yor!*". Deduzi: um sobrevivente de Auschwitz que tinha morado em Budapeste e comemorava seus oitenta anos trazendo os filhos para conhecer a cidade. O destino, em que eu insistia em não acreditar, estava me entregando, em mãos, um novo marido para dona Lili, por isso precisei usar o telefone público naquele exato momento e naquele exato lugar, com essa única finalidade. Perguntei, ele confirmou o palpite, me disse seu nome e que estava hospedado no mesmo hotel que nós, mas ficou me olhando assustado. Corri para o quarto: "Mãe, você não vai acreditar, conheci um homem idêntico a você fazendo uma viagem idêntica à nossa, você precisa conhecê-lo, é um milagre!". "Nôemi, como você boba, tudo inventa história. Claro que outros sobreviventes de Auschwitz moraram aqui, claro que têm minha idade igual e claro que trouxe família." E continuou costurando a barra de uma calça.

As línguas, para mim, são uma segunda natureza, mas, de algum modo, não aprendi nada do húngaro, talvez para preservar o território da minha mãe, talvez porque ela mesma dissesse que eu nunca aprenderia. Ouço as pessoas falando nos filmes, sinto inveja e vontade de saber o magiar, mas ele tem sons impronunciáveis, é indomável, proparoxítono demais. Só sei contar até dez e cantar uma canção que ela me ensinou:

Erwi, Lili, Shari,
Marishka, Rosali
Ella, Bella, Yuchi, Karolina
Gyertek vacsorázni!

A mãe chama pelo nome uma por uma de suas nove filhas, "Venham jantar", e uma delas tem o nome da minha mãe. Nunca uma frase tão comum me soou tão poética, "Venham jantar". Nunca entendi por que nove filhas e por que uma canção tão tradicio-

38

nal se dedica a somente chamar nove filhas para comer, mas tudo, as filhas, a mãe e o chamado se carregam de um sentido existencial, ontológico até. Não sei se é um idílio ou uma tragédia, pode ser fartura ou carestia, nove filhas brincando no quintal até a hora da refeição ou a solidão dessa mulher que só faz cozinhar e parir.

Para minha mãe, cantar essa música era voltar a 1947, sozinha em Budapeste, sem o peso do passado ou do futuro, tentando ir para os Estados Unidos, sem fazer ideia de que se casaria com meu pai e viria para o Brasil. Uma canção alegre como o olhar dela, cujo brilho não tinha a profundeza dos olhos do meu pai, mas se bastava na superfície. A Hungria e o húngaro, para ela, eram como "aquelas tardes fagueiras, à sombra das laranjeiras, debaixo dos laranjais", e uma das poucas vezes que a vi gargalhar, pouco antes de morrer, foi comigo repetindo frases em húngaro ditas pelo Google Tradutor. Minha mãe traduzia e eu imitava o Silvio Santos: "A resposta está... certa! A resposta está eeee... xata!". Ela ria até quase engasgar.

Hebraico

Guerra e pão, ou *milchama* e *lechem*; falar, coisa e deserto, ou *ledaber, davar* e *midbar*; secretário e lembrança, ou *mazkir* e *lizkor* são palavras de significados aparentemente diferentes, mas que em hebraico têm as mesmas raízes, sempre formadas por três consoantes. Se cutucarmos a fundo, "pão" e "guerra" ou "falar" e "deserto" guardam semelhanças ocultas, numa língua em que tudo se relaciona por dentro, como raízes de árvores por baixo da terra, soando uma música que está lá, mas que, para escutá-la, é preciso aproximar o ouvido. O hebraico foi penetrando a minha vida pelas músicas das festas de Pessach, Purim, Sukot e Chanuká, cantadas desde o pré-primário, e pelo desejo de dominar aquelas letras estranhas, parecidas com sinais de um código secreto. Recentemente soube que "abracadabra" vem do hebraico "*avra ka davrai*", que significa "criarei de acordo com minhas palavras", e esse idioma sempre foi, para mim, composto de palavras mágicas.

Meu judaísmo está entrelaçado com o hebraico, mais ainda do que com os antepassados ou com a perseguição sofrida pelos meus pais. É com as palavras hebraicas que rezo, todas as noites, para um ser que ora é Deus e ora é deus, que ora está sentado num trono celestial cercado de anjos e que ora é a "face do outro" ou uma potência que se funda entre o eu e o tu, como na filosofia de Martin Buber. Para me comunicar com esse deus que é ele/ela/eles/elas, nós ou você, preciso do hebraico, a língua em que me sinto próxima não do que sou, mas do que não fui, do que poderia ter sido: Sarah, a esposa de Lot ou a rainha Esther, uma habitante de um kibutz ou uma manifestante nas ruas, protestando em Tel Aviv contra o governo atual.

Terminando o ginásio do Renascença, onde todos os dias eu estudava o hebraico bíblico e o moderno, eu já falava a língua como uma sabra — fruta amarga por fora e doce por dentro — e conseguia até ler jornais, enquanto hoje não consigo ler nem uma manchete. Mas as palavras vêm de repente, despontando na memória como cometas e me lembrando das três fontes onde aprendi o idioma, como as três consoantes que formam suas raízes: minha avó Czarna, cujo maior patrimônio era ter aprendido a falar a língua sagrada sozinha, contra circunstâncias como sua pobreza e prisão; o Renascença, onde, graças à *morá* Miriam, com quem travei uma *milchamá*, ou uma guerra declarada, me tornei falante fluente; e o Ichud Habonim, movimento juvenil judaico socialista que frequentei por cinco anos e que consolidou minha formação de esquerda.

Uma rabina clandestina ou uma filósofa bissexta do judaísmo: é isso o que dona Czarna queria ter sido ou pensava ser. Mas não foi. Mesmo assim, dominar sozinha a língua hebraica — seus pais, seu marido e seus filhos só sabiam, e ainda mal, algumas rezas, e o estudo da Torá por mulheres era muito restrito — foi sua vingança contra a miséria, o campo de concentração, a perda do marido e de um filho e o exílio no Brasil. O ídiche, falado por seus oito irmãos, era uma "língua menor e vulgar", incomparável com o hebraico ou o alemão, essas, sim, línguas cultas. Mais do que culto, o hebraico vestia um manto sagrado: cada palavra da Torá fora soprada por

Deus para Moisés ao pé do monte Sinai, cada letra de cada frase era um número mágico, e os desenhos das letras, um símbolo secreto. Adão realmente veio da terra e Eva, de sua costela; Moisés abriu o mar de verdade e o profeta Elias subiu, sim, aos céus numa carruagem de fogo. Como era possível? Não interessava saber. Quem acredita não duvida. Por que as coisas foram assim? Por que Deus quer vingança? Por que coloca Jó numa situação tão absurda e imerecida? Quem pergunta isso é herege. O que interessava era que ela e meu pai sobreviveram ao impossível e, mais do que do acaso, isso era obra de Deus, cujas escolhas são imperscrutáveis e "Você, Nôemi, muito inteligente, quer saber tudo e nós não pode saber tudo. Só Ele sabe".

Dominar o hebraico é ter direito a uma fração do sagrado, penetrar minimamente no território de Deus. Ao contrário do meu pai, que nunca conseguiu resistir a um presunto, linguiça ou pernil — mesmo escondido de todos —, ela nunca comia carne de porco na casa dos outros, só na própria casa. Sua teimosia era exasperante — ia de ônibus vender retalhos numa feira do Brás mesmo sem precisar; um frango tinha que durar uma semana; guardava o dinheiro da indenização alemã em caixas de sapato e usava os mesmos vestidos *schleper*, ou maltrapilhos, para ir à feira ou a uma festa na casa do tio Arthur —, mas, conversando comigo em hebraico, se tornava uma poeta sonhadora, a rabina que não foi. Sua morte, aos 85 anos — seu maior sonho era fazer uma grande festa de cem anos —, derrubou meu pai, que reclamava tanto dela. Só agora me dou conta de que, ao perdê-la, ele perdia a si mesmo, mais pai do que filho da própria mãe por quase toda a vida. Nas estantes modestas do apartamento da rua Bandeirantes, encontramos dezenas de cadernetas espirais, todas preenchidas com pensamentos, discursos e poemas em alemão e hebraico, além das apresentações dela nas festas de Pessach e Yom Kippur. Estúpidos, jogamos tudo fora, um gesto que não entendo e pelo qual não me perdoo.

Torá às segundas, quartas e sextas e hebraico moderno às terças e quintas. Todo dia aula de hebraico e cada vez uma *morá* (professora), ou *moré* (professor), diferente: *morá* Sarah, *morá* Batia, *moré* Oksman e a *morá* Miriam, que amava me odiar, a quem eu odiava amar, e vice-versa, e a quem devo a fluência em hebraico e, preciso confessar, vocação para o ensino. Implacável, ela exigia de nós, alunos da turma avançada, sempre mais do que podíamos oferecer, e talvez tenha sido isso que despertou minha indignação: ela exigir demais até de quem não podia corresponder. Não fazia concessões: sem atrasos, sem choro, sem desculpas, só a perfeição merecia notas que nunca passavam de nove. Dez só para Deus; 9,5 era a glória pela qual eu, mesmo em guerra contra ela, lutei durante os quatro anos do ginásio. Quando alcancei a nota máxima, mal fui valorizada e não pude me sentir vitoriosa. O ensino da língua e das regras gramaticais exigia memorização rigorosa, mas vinha principalmente pela literatura, lida na própria língua, em textos cada vez mais difíceis que éramos obrigados a recitar em voz alta, sem erros, na frente da classe.

Morá Miriam era áspera, irônica, uma mulher alta e magra de cabelo preto e olhos espertos, nossa vizinha do quinto andar, mãe de três filhos homens que meu pai adorava, Dov era o filho que ele não teve. Quando nos cruzávamos no elevador, ela ria do meu silêncio como quem antecipasse meu arrependimento, que só veio tarde, depois de ela ter morrido jovem demais. O hebraico moderno, sua especialidade, era uma língua nova e viva, em construção e, em grande parte, inventada pelos escritores, que adaptavam o vocabulário bíblico, árabe e aramaico para as circunstâncias da época. Inventar uma palavra nova, usada por todos dali em diante: um delírio possível para homens como Ben Yehuda e o tio de Amós Oz, que criou as palavras "lápis" e "camiseta", obviamente inexistentes na Torá. Já o estudo do Velho Testamento aprofundava as conversas com minha avó e, se me fascinava pela infinitude de cada palavra, sua carga etimológica que atravessava o tempo até o *hevel havalim*, ou o "nada de núncares", e sua possibilidade combinatória subliminar — quantas histórias se escondem por trás das histórias que lemos… —, também colocava em xeque a própria fé que pregava: por que Deus manda um pai sacrificar o filho? Por que tortura um homem bom, destrói cidades, deixa Hagar ser expulsa de casa, pune Moisés? Que Deus era esse, vingativo e vaidoso? A mística de cada termo tornava a Torá um livro de areia: quando se pensa ter agarrado um significado, ele escapa, uma rede oculta de relações emboscadas, uma floresta que precisa ser aberta por formigas pacientes.

A primeira letra do Gênesis é "b" e não "a", já que a primeira letra do alfabeto pertence só a Deus; Adão é "terra", de onde ele veio; Isaac é "aquele que fez rir", como fez rir a sua mãe, Sarah; Abrão é "multidão", o pai de um povo. Não existe uma única palavra do Livro que não seja ocultamento e revelação, num jogo em que se revela o oculto, se oculta o revelado, se oculta o oculto e se revela o revelado. Adonai, *Elohim*, *Há Shem*, *El*, impossível saber o nome Dele, e essa impossibilidade me atraía, o ser sem nome dava a Adão a chance de nomear os seres: a diferença entre nós e Ele era o nome, aquele que não se pode nomear cuidando onipotentemente dos pobres nomeados. Só os poetas, inventores de nomes, podiam ser como Deus. Nomes, nomes, nomes, cada coisa era um nome, dei nomes para as minhas coisas também, quis ser Adão e, sobre todos os outros, o nome de Deus que me chamava como uma voz e que talvez tenha feito com que eu nunca deixasse de acreditar, fosse *Há Shem*, ou O Nome.

Um cartaz, talvez no lobby do Cine Paissandu, talvez sobre o filme *Planeta dos macacos*, mostrava um macaco olhando num espelho que se refletia em outro espelho, indefinidamente, até nunca mais. Uma memória falsamente verdadeira, porque junto cacos para dar um sentido que sempre se perde. "Como chama isso, mãe?"

Tenho certeza de que ela nunca daria a resposta de que me lembro: "círculo vicioso", mas não tem importância. De imediato pensei nas palavras da Torá, uma espelhando a outra, e até hoje, para mim, a Torá e o filme *Planeta dos macacos* estão associados.

O hebraico sagrado através da Torá, com minha avó e no Renascença, e o hebraico profano e político no Ichud Habonim, o movimento juvenil judaico e socialista que eu frequentava: canções de amor e de revolução, *"ani ve atá neshanê et há olam"* ("eu e você mudaremos o mundo") como um "amanhã vai ser outro dia" do Chico, palavras de ordem como *"há mifkad iavó le dom, amot dom"* ("formação em posição de sentido, sentido!"), o corpo reto, um hebraico militar, termos próprios de um kibutz e de uma sociedade socialista em meio às frases do português: *peulá, kvutzá, madrich, shmirá, machané* ("reunião", "turma", "monitor" e "acampamento"), o Ichud foi um tempo de pertencimento, depois de anos deslocada, sem entender nem ser entendida. Esse hebraico era o mesmo do sobrenome adotado por Amós Klausner, menino pálido e franzino que, ao se mudar para um kibutz depois do suicídio da mãe, adotou o sobrenome Oz, ou "coragem", e fez o que pôde para se transformar num garoto bronzeado e musculoso e que no kibutz descobriria que a literatura podia falar sobre qualquer assunto; o dia a dia é que era heroico.

Os nomes dos nascidos nos kibutzim, ideal do Ichud e de outros movimentos juvenis de esquerda pelo mundo, são ligados à natureza — Shoshana (Margarida), Aviv (Primavera), Shachar (Alvorada) — ou a virtudes morais — Tová (Boa), Ahavá (Amor), Biná (Sabedoria) —, palavras de esperança e de trabalho, sem sacralidade, mas com a mesma carga simbólica dos nomes da Torá: viver na natureza, trabalhar no campo, respeitar a comunidade. Nomes também definidores de uma ética cujo peso é tanto a favor do socialismo como contra o passado passivo de judeus à espera das ações do Todo-Poderoso. O hebraico, no Ichud, era o instrumento do socialismo kibutziano. Seus moradores não falavam ídiche nem outro idioma, a língua como carimbo de um tempo, um lugar e uma nova forma de vida, marcada pelo futuro, por oposição ao judaísmo europeu e religioso, calcado no passado. Oz, ou coragem, é a palavra-chave dessa língua firme e, como a fruta sabra, dura como deve ser um revolucionário, ainda que tenra por dentro.

Ídiche

Dona Pola suspirava frustrada, baixando uma trinca de três de espadas, "*ich hop nicht kain koiach*" ("não tenho mais forças"), e dona Gusta suspirava de cansaço por ouvir isso pela milésima vez, "Como você enche o saco, Pola!". O Chaskel xingava "todos capitalistas filhos da puta", o Natek contava mais uma piada pornográfica, as mulheres tapavam a mão com a boca, dando risinhos constrangidos, e o Abrão, intelectual, pregava provérbios do Talmude, todo shabat, tudo em ídiche, a língua do jogo de buraco, uma mesa de homens e outra de mulheres. O dono da Burda tinha ido à falência, a Frumale ficou viúva (o marido bebia), eu era *sheine meidale* ("linda garota"), um precisava de dinheiro e o outro emprestava. Tio Arthur não jogava, mas continuava na cabeceira da mesa conversando com algum parente, minha mãe e meu pai jogavam com paixão até depois da meia-noite, e minha avó ficava sentada no sofá, dormindo e fazendo um barulhinho fino com o nariz que, quando eu ficava sozinha com ela, me assombrava. Minha lembrança do som do ídiche na sala é de risadas proibidas e palavrões com "sh": *shmock, shmendrick, shlemiel, shlimazel* ("tolo",

47

"idiota", "incompetente", "infeliz"), o ídiche como a língua clandestina de um "sh" que vem da Polônia e da Rússia, de judeus pobres vivendo em *shtetls*, padeiros, leiteiros, loucos e mendigos, do Tevie, que sonhava em ser Rothschild no filme *Um violinista no telhado*, dos escritores Scholem Aleichem, Itzhak Leib Peretz e Isaac Bashevis Singer. Os nomes do ídiche vêm de um tempo muito antigo, Czarna, Frumtsche, Ainshel, Zelda, Mina, nomes de feiticeiras e poções mágicas, diminutivos que chegavam a dar medo, de tias que apertavam as bochechas e tinham vergonha de falar "bunda".

Ídiche, a língua da resistência judaica na Rússia, na Polônia e na Alemanha, a afirmação do ser judeu e do ser clandestino por toda parte, sem pátria e sempre sob perseguição. Aharon Appelfeld, que falava ídiche, romeno e alemão, mas que perdeu todas as línguas durante a guerra, mantendo-se em silêncio por cinco anos, conta que ao chegar a Israel foi obrigado a esquecer o que já não sabia e a só falar o hebraico dali em diante, escanteando o ídiche ainda mais para a clandestinidade, como se a língua milenar dos judeus se tornasse interdita para eles próprios.

Na *Enciclopédia da língua ídiche*, outra coleção que seu Aron comprou do vendedor ambulante, ele lia maldições: "*Ale tseyn bay im aroysfalm, not eyner zol im blaybn oyf tsonveytung*" ("Que todos os seus dentes caiam, a não ser um, para que você possa ter dor de dente") ou "*Vi tsu derleb ikh inshoyn tsu bagrobn*" ("Que eu sobreviva a ele para poder enterrá-lo"), "*Got zol a fim onshikn fun di tsen makes di beste*" ("Que Deus o visite com a melhor das dez pragas"). Numa língua oprimida, praguejar é uma espécie de dever ético, não basta simplesmente desejar uma doença ou a morte; para ser ídiche, é preciso uma carga poética de fel, só em ídiche é possível odiar com esse afinco. Se minha mãe tinha medo de sentir o desejo de vingança — "Vingança faz mais mal para quem deseja" —, meu pai cultivava o ódio aos alemães, terceirizado por ela na tarefa de praguejar. Se, de início, os falantes de ídiche amaldiçoavam

os cossacos com seus pogroms ou os nazistas com seu antissemitismo, as maldições acabaram se tornando uma espécie de es-
sência da língua, espalhando-se para vizinhos, parentes e amantes
perdidas.

No *shtetl* Bom Retiro, reprodução brasileiramente fiel de uma
aldeia judaica polonesa, só se escutava ídiche pelas ruas: *"Vos
machst tu"* ("O que você tem feito?"), *"Alles gut?"* ("Está tudo
bem?"), *"Sheine kinde"* ("Criança bonitinha"), *"Ich hob groise tsu-
res"* ("Estou com muitos problemas", "Vamos fazer *gesheft?"* ("Vamos fazer um negócio?"). Pregões em ídiche, casamentos, empréstimos e cobrança de juros no *pletzale* (pracinha), em frente ao
restaurante "buraco da Sarah", no qual só os homens se reuniam,
desde comunistas até religiosos de chapéu peludo — onde se dizia
que eram contrabandeadas pedras preciosas —, de comerciantes
pedindo socorro a intelectuais defendendo os palestinos. No Renascença, escola binacional — "De Israel nos vêm o velho e vene-
rável/ o culto à terra e o respeito aos ancestrais/ e do Brasil brota
em tudo a novidade/ é nossa terra e a queremos sempre ma-ais" —,
hasteávamos as duas bandeiras todos os dias e aprendíamos a cantar os hinos de cada país. Lá jamais se ensinaria o ídiche: língua da
esquerda, devemos esquecê-la e assumir o português e o hebraico,
línguas com pátria e soberania. Já no Scholem, a outra escola judaica do Bom Retiro, não se ensinava o hebraico, língua da direita,
mas o ídiche, símbolo da luta popular, acompanhando os judeus
desde a Idade Média nos vilarejos, nas histórias de *dibbuks*, íncu-
bos e súcubos de Isaac Bashevis Singer, língua maldita e, por isso
mesmo, sagrada.

Alemão

Só Ford, Chevrolet, Chrysler e Aero Willys. Volkswagen, jamais. Nenhum remédio da Bayer ou aparelho da Siemens, e só minha avó podia falar a língua do Mal. Está certo, era uma língua culta, de músicos e filósofos, mas como a alta cultura pôde se transformar no sumo da maldade? Será que uma coisa não estava ligada a outra? Essas indústrias todas contribuíram com o nazismo, não existiam inocentes, por que os alemães que discordavam de Hitler não se manifestaram? Por que o povo, *das volk*, aderiu instantaneamente e com tanta facilidade ao nazismo? Hitler não inventou o antissemitismo, ele já estava lá, havia séculos presente na Europa inteira. O ditador só fez despertá-lo, os alemães bebiam antissemitismo no leite materno, falar alemão era um passo para perseguir judeus — meu pai era implacável. Alemanha, nem para baldeações; ele preferia trocar o voo e pagar mais caro a ser obrigado a pisar em solo alemão. Podia ser absurdo — e era —, mas de algum modo eu sentia orgulho dessa teimosia que escolhia a língua como representante do ódio, sentia orgulho do ódio tamanho e da convicção com que ele proibia qualquer resquício de germanismo em casa, nem mesmo ouvir Beethoven ele ouvia.

Da mesma forma como os nazistas proibiram os judeus de falar ídiche, sabendo que as línguas constituem a identidade de um povo, assim era meu pai com o inimigo: "Eu não pude falar, agora não quero ouvir". Mas a interdição ao alemão e à Alemanha, não sei como, se somou ao meu amor pelas línguas todas, cujas palavras podem determinar a morte ou a vida. Ainda resisto a comprar um Volkswagen por respeito a ele, e essa marca me basta como metonímia de todas as outras que não me importo em consumir, assim como gostei de ir a Berlim e de arranhar — muito mal — algumas palavras em alemão. Não tive temor de trair a memória dele e, ao contrário, me senti respeitando minha mãe, que sempre odiou odiar: "Que besteira, Eri, não poder comprar remédio Bayer; se marca é boa, tem que comprar".

Fusca, Camaro, Karmann-Ghia, Aero Willys, DKW, Dodge Dart, Itamaraty. Meu pai ia à Loja Caltabiano, na avenida Pacaembu, comprava um carro à vista, com dinheiro, saía de lá dirigindo, estacionava na frente de casa e pedia que fôssemos olhar na janela. Lá estava o carro novo, cor de gelo ou cinza-chumbo. As quatro mulheres se animavam e desciam correndo pelas escadas para dar uma volta pela "cidade", nome que se dava ao centro. O Itamaraty tinha uma mesinha embutida no banco de trás, três pessoas podiam ir sentadas na frente, dava até para deitar no colo da minha mãe.

"Eu sei como chama esse carro passando, pai. Karmann--Ghia."

"Como você sabe, Nô?"

"Pela letra: K."

As letras dos carros, as palavras nos outdoors, a máquina de escrever Olivetti, os cartazes malfeitos da loja dos meus pais vendendo saias por cinco cruzeiros, as lombadas das enciclopédias e dos livros das minhas irmãs e as letras em hebraico. Letras e palavras pousadas nos papéis, prontas para serem fixadas pela fita vermelha e preta na máquina de escrever, carimbadas não muito niti-damente pelos papéis-carbono, querendo dizer coisas maiores e mais importantes do que a fala, contando histórias que ficavam à nossa espera: "Venha me contar". Até um dia eu conhecer o que já tinha escutado, mas com outras palavras: "Trouxeste a chave?". Quis essa chave, as letras eram e são como um chamado, eu tam-bém queria construir a Torre de Babel, ser punida e obrigada a fa-lar muitas línguas e dominar alfabetos.

As histórias imaginadas — Adão traindo Sarah, a rainha Es-ther no campo de concentração e o Pequeno Príncipe dando um ba-nho no Cascão — estavam lá, nos livros que a Jany e a Stela abriam sem cerimônia e liam para mim, sem se importar com minha idade, Jung, Fernando Pessoa e Clarice Lispector, e os encartes dos discos da Maria Bethânia, do Chico e do Roberto Carlos. "Nô, sabe o que significa 'tudo certo como dois e dois são cinco'?" Eu não sabia. Tio Arthur, mais brasileiro do que judeu, trazia os livros mais bonitos de presente, grandes, coloridos e de capa dura: "Noemi, guarda para ser a tua biblioteca, numa prateleira só tua. Escreve o teu nome na primeira página e guarda até ficar velhinha como eu".

Tio, estou ficando velha, não guardei os livros que você me deu, mas trago quase todos na memória. Te dou minha palavra.

AS PALAVRAS DOS OUTROS

Poesia brasileira para a infância

Não sei quando nem por que o tio Arthur, o mais novo e o mais brasileiro dos oito irmãos da minha avó, passou a me dar livros de presente de aniversário. Eu esperava esses livros como um bicho à espreita da presa: ele vai me trazer um livro, qual será — será meu. Menos judeu do que o resto da família, trotskista, não me apertava as bochechas e não me chamava de "no e minha". Jogava tênis num clube de nome gói, Tietê, e chegava em casa todas as sextas-feiras bronzeado, raquete no ombro, foulard e um sorriso ironicamente franco. Falava do golpe de 64 e da Clarice Lispector, tinha lido Sartre e era — escândalo — voluntariamente solteiro. Os livros que ele me dava não eram judaicos como os outros, mas sobre nordestinos, retirantes, caipiras e, entre todos, o *Poesia brasileira para a infância* foi o mais duradouro. Relendo os poemas hoje, depois de ter perdido o livro duas vezes, entendo um tio que eu não entendia. Quase todos os poemas defendem as minorias, os pobres e desprotegidos, desde "Menino impossível", do Jorge de Lima, até "Irene preta", de Manuel Bandeira. *Poesia brasileira para a infância* foi minha introdução rítmica ao pensamento de esquerda.

Numa capa dura de couro verde, um menino e uma menina olham, perplexos, para as estrelas. Ela usa um vestido amarelo, tranças amarradas com um laço, e ele, ligeiramente mais alto do que ela, veste camiseta branca e calça jeans. Sua mão está estendida, o corpo parecendo tão surpreso quanto os olhos. É como se os dois tivessem sido recortados e precariamente colados ali por uma criança, assim como a própria capa do livro, fingidamente irregular. As letras do título estão desalinhadas, dançam na página, são iguais à onda colorida de estrelas para a qual eles olham. O menino diria para a menina: "Maria, a poesia fica nas estrelas e só nós podemos ver". Como a personagem de *Felicidade clandestina*, que escondia *Reinações de Narizinho* de si mesma só para reencontrá-lo e ter certeza de que o livro era mesmo dela, também escondo esse livro na memória como um recorte malfeito, para, ao revê-lo, me assustar de novo com a lembrança das noites sob o cobertor, dos cinco aos dez anos, relendo e memorizando poemas que eu não entendia, que depois entendia um pouco, até entendê-los por inteiro e me dar conta de que, sim, tinha sido com esse livro que meu interesse pela poesia começou. Não importa tanto o poema, desde os infantis até os que estudei na universidade, eles sempre ficam *lá*, nesse lugar que a mão do menino vê.

"Um sarau/ na rua Itapiru,/ Em casa dos Novais", "Meu avô foi buscar prata/ mas a prata virou índio." Eu não compreendia quase nada, e isso me dava a certeza de que os poemas do livro não tinham sido escritos para crianças. Não compreender poesia era, de certa forma, compreendê-la. Os poemas não eram só de esquerda, mas à esquerda, percorrendo uma estrada vicinal, numa língua diferente daquela que se falava em casa, na escola e nos outros livros. Não compreender era estar ao lado deles, e comecei a escrever poemas misturando personagens: "Irene preta, Irene boa, Irene sempre de bom humor/ Estou ouvindo a tua voz que não fala/ As almas negras pesam tanto/ sem que os homens possam entender".

Sem rimas fixas, sem métrica, sem falar de amor, com palavras difíceis como "poracés" e "encalistrado", a poesia não precisava ser "Batatinha quando nasce", "O cravo brigou com a rosa" nem como o soneto perfeito de Olavo Bilac sobre uma boneca pela qual duas meninas tanto brigaram, tanto puxaram, que a boneca acabou se rasgando ao meio — um poema salomônico que fez a Suely e eu chorarmos de emoção. Boiadeiros, vaqueiros, pintinhos cegos, portos, navios, a história de uma mãe guardando o silêncio do filho mais bonita que a de Robinson Crusoé, a poesia era o que o poeta quisesse.

A descoberta das reticências — a Té disse que eram como um suspiro, como o "olhar do papai, Nô", nem ele sabe para onde está olhando. As reticências, um nome no plural como "saudades", mas principalmente seu símbolo — … — e seu lugar no verso, mais do que a interrogação ou a exclamação, eram o carimbo da poesia. Se eu quisesse ser poeta eu haveria de saber usar reticências, falar "reticências", ser reticente. O lugar para onde o casal de crianças da capa apontava era esse, antes ou depois, mas sempre lá. Dizer o impossível com um sinal que é e não é palavra. Um sinal para estar e não estar, era assim que eu me sentia. Filha de sobreviventes de guerra, com duas irmãs bem mais velhas, uma hippie e a outra de esquerda; o pai no passado e a mãe no futuro; as tantas línguas e as palavras ansiadamente desconhecidas, livros tão desiguais quanto *Meu pé de laranja lima* e os de Fernando Pessoa, as reticências foram como um espelho. Deus era, e continua sendo, o lugar das reticências. Acreditar como perguntar, como não saber, sempre com um "por quê?" irrespondível: por que meus pais passaram pela guerra? Por que meus avós morreram queimados? Por que a gente sofre? Por que Ele queria ser adorado? Por que tantos rituais, vingança e destruição em nome Dele, que ainda teimava em ser grafa-

59

do com maiúscula, masculino e singular? "Ajoelha-te e bendize a obra do Criador", "Um Ser que nós não vemos/ É maior que o mar que nós tememos,/ Mais forte que o tufão! Meu filho, é — Deus!"

Pré-adolescente, escrevi na capa de um LP do Ivan Lins que eu ia dar de presente para um namorado instável uma declaração de amor original: "Eu te ● ● ●", e caprichei nas reticências com pontos largos e gordos, como eu via o namorado da Stela escrever. E a resposta instantânea do então namorado ao receber o disco foi: "O que é 'Eu te ô ô ô?'".

"E eu não sabia que minha história/ era mais bonita que a de Robinson Crusoé." Crusoé, um náufrago que reconstrói a vida numa ilha com o máximo de destreza, um herói da razão, e sua história valia menos do que a história de um menino sentado no chão, cujo pai saiu para campear e cuja mãe cose em silêncio para não acordar o bebê; um menino que lê justamente *Robinson Crusoé*, como eu lia a história desse menino. Os poemas e os livros: histórias dentro de histórias, cada vida comum uma história mais bonita do que a de Ulisses ou a do Pequeno Príncipe. Ler era viver essas vidas duas vezes, cada leitor com a própria, tanto mais bonita quanto mais comum. Leitores de leituras numa espiral de epopeias, como eu, que carregava a história do meu pai, da minha mãe, que, por sua vez, lia romances da guerra e se espantava: "Como foi possível?". Viver fora dos livros, fora do *Poesia brasileira para a infância*, era mais difícil do que ler, e aos poucos, para dar conta disso que chamam vida — como se ela fosse separada das leituras —, transformei as experiências em histórias e as pessoas em personagens. Enfrentei a rejeição da loira e rica Geni, que proibiu as amigas todas de irem à minha festa de aniversário de oito anos — a sala vazia, os balões pendurados, as línguas de sogra e os sanduichinhos de pão Pullman recheados de atum em bandejas intocadas, minha mãe e eu olhando pela janela —, como se ela e suas pobres subjugadas fossem monstros marinhos que eu conseguiria derrotar. Lancei maldições, inventei rituais de vingança, rezei para o Vingador, e não importava que nada acontecesse com elas: eu seria a melhor aluna, a que leria melhor, a que mais defenderia desprotegidos como o Jayme, que mal enxergava, como o Abel, tão gordo que não tirava o blusão, e como a Sara, sempre debaixo da barra da saia da mãe. Minhas inimigas sentiriam inveja, minha história seria a mais bonita de todas, inclusive por elas não terem comparecido à festa preparada pela minha mãe-que-passou-pela-guerra. Se ela aguentou, eu também aguentaria. Na praia do Gonzaga, onde meninas de biquíni falavam de paqueras e me olhavam como se eu fosse louca, eu me levantava firme, mesmo com vergonha do meu maiô, e, sem tirar a saída de banho roxa, ia até o mar, onde orquestrava as ondas: "O mar é meu, eu mando nas ondas do mar, minha jangada de vela, que vento queres levar?".

Quem iria para junto de Deus, quem valia mais do que os meninos ricos que ganhavam brinquedos eram os pobres e os "impossíveis": a "Irene preta/ Irene boa/ Irene sempre de bom humor" não precisava pedir licença a são Pedro para entrar no céu, e eu tinha certeza de que a dona Maria lavadeira também não precisaria. Deitada na cama dos meus pais, sozinha durante as tardes, eu copiava poemas do *Poesia brasileira para a infância*. "Copiar" e "copioso" têm a mesma origem: abundância. A cópia, naquela cama-nave, era como uma irrigação, e os poemas se multiplicavam. Copiar levava a imitar, que levava a misturar, e fiz um poema combinando versos do livro:

Não quero a tua esplêndida gaiola
pois nenhuma riqueza me consola
de ter perdido aquilo que perdi!
A minha terra...

A minha terra é do tamanho da minha infância...
uma sombra longa, infinita,
muito longe, para além,
o apito triste dos cargueiros que partiam
desce a canoa de fio
pela corrente do rio
eu quero tudo de lá.
Sussurro profundo! Marulho gigante!
Talvez um silêncio... talvez uma orquestra...
(Como é linda a paisagem no cristal de um copo d'água!)

Irene sempre de bom humor.
tu queres vento de terra,
ou queres vento de mar?
a minha terra cabe toda dentro de mim...

O filho do poeta Raul Bopp, embaixador que mudava constantemente de país (na época, apenas mais um nome que, bem mais tarde, seria tema de aulas que tive na universidade e de aulas que eu mesma daria), chama o pai no poema "Versos de um cônsul": "Pai!", ao que o poeta responde num verso que era poesia, mas que parecia uma conversa, como isso era permitido? "O que é que tu queres meu filho?" "Conta mais uma vez/ como é que era o Brasil?" Era o pedido que, se não com essas palavras, eu queria fazer todas as noites ao meu pai: "Pai, me conta mais uma vez como é que era a Iugoslávia, Strasshof, Bačka Palanka?". "A almazinha do meu filho/ vai se compondo e decompondo/ com pedaços de pátrias misturadas.// De noite/ a gente recolhe os pensamentos/ com um cansaço internacional." Raul Bopp sabia, a minibiografia sob o poema dizia que o poeta tinha sido embaixador na Iugoslávia, não teria sido ele que enviou meu pai para o Brasil, com uma saudação e um "mande lembranças ao porto de Santos"? A "almazinha" desse menino, seu filho, não seria a minha, composta e decomposta de pátrias misturadas, mesmo que eu não saísse do lugar? Eu era nômade não de lugares, mas de tempos, e o cansaço internacional do meu pai chegava de trem e de navio, à noite, à beira da minha cama. "Bačka Palanka melhor cidade de mundo, lá tempo não passa como São Paulo. Se continuava lá, hoje seria mais jovem, ainda jogando futebol proibido em shabat e apaixonado por mamãe." "Strasshof campo de trabalhos forçados, não de extermínio como Auschwitz. Lá não foi tão ruim, fiz amizades com ciganos e presos políticos, fiquei amigo de vacas e gostava acordar madrugada para limpar bosta delas. Todo mundo precisa limpar bosta vez em quando." Dormindo, eu sonhava com trens e navios: trens que nunca chegavam, que subiam para as nuvens em vez de prosseguir nos trilhos, estações abandonadas onde minha mãe se perdia, pessoas loucas pulando das plataformas, no mar, nos trilhos. Estações e portos: aportar, abordar, aguardar, os uniformes, o quepe, marinheiros, pessoas cuja vida é não estar — por opção ou pela força das circunstâncias —, palavras e lugares vagamente presentes, que parecem pertencer mais à memória do que aos mapas, eram parte da memória dos dois, mas quem sonhava e se lembrava deles era eu. Guardo lembranças vicárias e, por dona Lili se dedicar ao esquecimento e me encarregar de lembrar o que ela precisou esquecer, lembro da vida dela mais do que ela mesma era capaz. São lembranças alimentadas por poemas, pelos dramas do meu pai, por histórias lidas em outros livros e por lugares onde estive: museus, cidades e, principalmente, Auschwitz e Strasshof, confirmações assustadoras do que eu imaginava desde pequena.

"Café com pão/ Virge Maria que foi isso maquinista? [...] Bota fogo/ Na fornalha/ Que eu preciso/ Muita força/ Muita força/ Muita força" — poema sobre um trem de ferro brasileiro, e Manuel Bandeira faz as palavras soarem como um "piuí" ritmado, que imita não somente o movimento do trem, mas as vidas de quem segue lá dentro ou o observam pelo lado de fora. Sim, era isso, mas também eram meus pais num vagão tão lotado que "pessoas morriam e outras sentavam em cima de mortos", "minha tia se jogou de trem porque ficou louca e minha mãe cuidou de filhos de irmã, por isso descemos em Auschwitz e, quando chegamos, nazistas diziam: aqui mulheres, aqui homens, aqui jovens e aqui velhos, minha mãe, meu pai e crianças foram direto para câmara de gás". Cheguei a Strasshof de trem no ano passado, um campo de trabalhos transformado em terra arrasada, pedregulhos pretos a perder de vista. Alguns metros adiante, atrás de uns arbustos, uma estação abandonada, trilhos interrompidos e enferrujados e uma plataforma onde um dia meu pai desceu de um vagão. "Oô.../ Quando me prendero/ No canaviá/ Cada pé de cana/ Era um oficiá [...] Vou mimbora vou mimbora/ Não gosto daqui/ Nasci no Sertão/ Sou de

Ouricuri", ele chegando a Strasshof por um lado, vindo da Hungria, eu chegando por Viena, eu agora, ele antes, catei uns restos de pregos, ganchos e enfiei no único saquinho que carregava na mochila, um saquinho amassado do Museu Freud.

Ele gostava de charadas, e os poemas, não que sejam decifráveis ou que haja uma resposta para as questões que fazem, mas eles falam, como aqueles enigmas que perguntam "O que é, o que é", de alguma coisa cujo tempo e lugar permanecem lá: "Ninguém na estação/ e o trem passa sem passar".

Torá

Tudo era em torno Dele, mas ninguém sabia o Seu nome, só sabíamos algumas formas de aproximação: *El*, em hebraico, significa "O", um artigo definido, masculino e singular como aprendi que Ele era. Seu nome era inominável, não podíamos sequer imaginá-Lo e nomeá-Lo, então, era um pecado. "Adonai" é "Nosso Senhor", como diziam os cristãos e os escravizados, chamá-Lo assim era subjugar-se a um Deus de história em quadrinhos, que comandava o mundo sentado num trono, coordenando os anjos ao redor, "Façam isso", "Façam aquilo", "Fome aqui", "Guerra lá", "Quero que aqueles dois se apaixonem", "Vou punir João por ter comido carne de porco". *Elohim* é uma palavra no plural, ou "deuses", mas nossa fé era monoteísta e a *morá* Sarah dizia que *elohim* era como se fosse tudo, "Deus é tudo, nos céus e na terra, '*Echad eloheinu, eloheinu, eloheinu, she ba shamaim u va haretz*'" ("Nosso Senhor é um só, nos céus e na terra"), o plural como a totalidade do um. Na escola, ninguém dizia o nome YHWH, que só vi por escrito, nunca pronunciado, talvez por ser formado de letras que, juntas, compunham uma frase dita por Ele ao responder à pergunta de Moisés:

66

"Quem é você?". "Sou o que sou" ou "Serei o que serei", *Yihie asher yihie*, uma frase intraduzível e impronunciável, o Ser em Si mesmo, que é, será e foi, para quem não existe tempo nem espaço e que as palavras não alcançam.

Essa frase me assombrava, e ainda assombra, como um subtexto que atravessava a vida, como se cada gota d'água contivesse "Sou o que sou", uma Verdade inapreensível que mesmo o materialismo mais convincente não silencia. E finalmente *Há Shem*, ou "O Nome", minha maneira predileta de chamar a Deus, ou a deus, de maiúscula a minúscula, o Nome que não representa nada, mas É. A coincidência perfeita entre os seres e as palavras, cada palavra um nome, os nomes como destinos e raízes, deus chamado assim é um poema de uma só palavra que rima consigo mesma.

Três vezes por semana, duas horas por dia, nomes, nomes e mais nomes. Cada palavra tinha uma razão de ser e significados diferentes que, combinados, contavam histórias secretas. Os nomes também valiam números, e eu penetrava numa floresta de sonhos combinatórios, todos os livros que já tinham sido ou ainda seriam escritos estavam ali, era só desbravar. A primeira letra da Torá é Beit e não Aleph, a *morá* explicava, porque o início do início era só Dele; o primeiro ser; Adão significa terra, de onde ele veio e para onde iria, seu nome como origem e finalidade; Isaac é "aquele que fez rir", como tinha feito rir a sua mãe, Sarah, quando, aos noventa anos, o anjo anunciou sua gravidez; Rebeca é "aquela que une" e, mesmo tendo separado Esaú de Jacó e enganado Isaac, foi responsável por unir o povo judeu; Abrão, o primeiro patriarca, é "multidão", como os frutos prometidos a ele por Deus. O que mais se esconderia nos nomes? Até Noemi soava como "nome", e a tia chata do primeiro andar, que chamava minha mãe de "bobinha", contava uma lenda de que sempre desacreditei acreditando: fui a última tentativa dos meus pais de terem um menino, sonho do seu Aron. Raspa do tacho, quando ele me viu, menina, teria dito, segundo a história repetida sempre que eu visitava minha prima: "No e minha", daí meu nome. Ele negava, todos riam, "Imagina só, quanta besteira, Regina só fala bobagem, piada boa, mas mentira, assim que você nasceu reparei verruga pequena em orelha esquerda e quando enfermeira trouxe de volta eu sabia que era você, você é minha, sim". Mas sua boca entortava e ele sorria de lado.

"Deus disse 'Faça-se a luz' e a luz se fez." À noite, tentando girar a roda-gigante para o lado contrário e repetindo essa frase, descobri tudo: antes da luz, a primeira criação, veio a palavra "luz". Em outro lugar dizia-se que "no início era o verbo" e verbo não é ação, mas o ato de dizer, é o dizer que cria tudo. Deus teria criado Adão e extraído Eva de sua costela, mas atribuiu ao primeiro ser a tarefa de nomear tudo, e eu o invejava por isso. Descobrir a verdade de cada bicho e planta, como era possível saber? Eram os seres que comunicavam seus nomes ou era Adão que descobria? Não era só a Torá, mas todos os livros, o *Poesia brasileira para a infância*, *O Pequeno Príncipe*, *Demian*, os discos do Chico Buarque... Os escritores de poemas, livros e canções eram Adão outra vez, e, desde que eu soube de sua atribuição, desejei ser como ele.

Tudo, a partir de agora, teria um nome. A gota d'água com quem eu conversava diariamente se chamava Pinchas; o armário embutido do quarto, Arthur com "H"; e o estojo com pele de carneiro e meu nome gravado era Celso. Os gomos almofadados do edredom amarelo de cetim, o *slova* trazido da Iugoslávia por minha mãe, eram ondas do mar e cada quadrado um país onde se falava uma língua diferente, cujas palavras eu não só dominava como nomeava. Listas de semelhanças e diferenças, etimologias inventadas, nomes em inglês, francês, alemão e japonês:

tri — three — trois — três *— shalosh*
mat — mother — mère — mãe *— ima*
pishet — write — écrire — escrever *— lichtov*
znat — know — savoir — saber *— ladaat*
istina — truth — vraie — verdade *— emet*

O sonho do meu pai era falar esperanto, Deus puniu os construtores da Torre de Babel misturando as línguas, eu saberia falar muitas e inventaria a língua única para reparar a dor dos meus pais. Quando eu perguntava à minha mãe de quais palavras ela se lembrava do alemão falado pelos oficiais no campo de concentração, ela só dizia *schnell* e *appel*, "rápido" e "chamada", e eu marchava sozinha, no corredor do apartamento, para um lado e para o outro, gritando "*Schnell, schnell, schnell*", cada vez mais rápido, até cair no chão de tanto marchar. Cada palavra da Torá era como Sherazade se abrindo infinitamente para contar histórias ocultas, e assim também com as outras línguas, eu queria conhecer suas raízes e encontrar o berço onde todas elas tinham nascido. Só na universidade aprendi o que era etimologia e, ao me interessar pelo mestrado ainda no primeiro ano da faculdade, meu orientador hipotético me olhou assustado ao me ouvir dizer: "Quero estudar como a etimologia define a literatura".

"Você não prefere escrever sobre o Rubem Braga?", ele perguntou.

Todos os nomes se multiplicavam e a única coisa indivisível era "O Nome", ou Deus, *onipotente, onisciente e onipresente*, palavras encantatórias que me perseguiam mesmo quando eu duvidava Dele. Não havia como escapar, nem em pensamento. A *morá* Tania, meio bruxa, meio fada, esmiuçava as palavras do hebraico e, entre elas, uma me impressionava: *shamaim*, ou "céus". Como "saudade" e "saudades", existe "céu", a atmosfera gasosa que circunda a Terra, e "céus", habitados por deus, pelos deuses, anjos e espíritos. *Elohim*, também no plural, morava num espaço plural, composto de *esh* (fogo), *maim* (água) e por *shem* (o nome). Fogo, água e nome como a morada do inominável, *shamaim* era a origem de tudo.

Magia e mistério, o estudo da Torá tinha o magnetismo da ocultação, tudo era outra coisa, e outra, e mais outra... Porém o livro não era somente as palavras e os nomes; era também as histórias e sua moral, e isso me dividia, criando crises de fé que ainda duram, mesmo com outros conteúdos. O nome Adão é terra, é início e fim, mas por que Deus plantou a árvore do Bem e do Mal no jardim do Éden e ordenou que Adão não provasse do seu fruto, se Ele, onisciente, já sabia que Adão o desobedeceria? Abrão e Isaac, "multidão" e "riso", caminhavam por uma estrada, o filho ignorante de estar sendo preparado para o sacrifício pelo próprio pai, só para ser salvo no último minuto. Tanto sacrifício, testes para checar a extensão da nossa fé, destruições — Sodoma e Gomorra, o dilúvio, Jó, o Egito —, eu não entendia nem aceitava. No seder de Pessach, o jantar de celebração da Páscoa judaica, quando a família mergulhava o dedo no vinho e o sacudia no prato para respingar o líquido vermelho como se fosse o sangue das pragas — ou a vingança —, minha mãe, sempre tão obediente, se recusava: "Não gosto de vingança, não quero sentir isso". E, acima de todas as histórias, me indignava a punição sofrida pela esposa de Lot, uma mulher que nem nome pôde ter. "E aconteceu que a mulher de Lot olhou para trás e virou uma estátua de sal." Seu pecado foi voltar os olhos para a cidade onde viveu com a família durante toda a vida, em lugar de seguir "a nuca virtuosa do meu marido Lot". Pode ter sido uma distração, um instinto ou necessidade de lembrar, "Olhei para trás enquanto punha a trouxa no chão./ Olhei para trás por receio de onde pisar", como diz Wisława Szymborska sobre ela. Nada justificava tamanha punição por um pecado tão pequeno. Caminhando pelas montanhas, nos acampamentos, eu via a esposa de Lot em cada pedra, gordas, magras, algumas até olhando para trás, quantas mulheres de Lot existiriam? Minha mãe se recusava a olhar para trás, não queria ver o passado, e eu, que só queria ver o que ela teimava em esquecer, será que me transformaria em uma estátua de sal? Será que sou uma? Coagida a deixar a própria cidade, era a mulher que não podia olhar para trás, talvez Lot nem cogitasse fazê-lo e só agradecesse por ter sido salvo, mas Deus sabia que a mulher olharia. Elas olham: mulheres são enxeridas, fofoqueiras, intrigueiras e tagarelas, não aceitam simplesmente seguir ordens, é melhor que se transformem em estátuas de sal, caladas e salgadas.

Deus só com maiúscula, ou melhor, é preferível nem grafar seu nome completo, D'us. Isso me atemorizava e eu queria escrever deus com minúscula, mas Sua onipotência me impedia. "Serei o que serei", "Sou o que sou" era o puro absoluto, sem lugar para a dúvida e muito menos para a precariedade de uma minúscula. Muito tempo depois, senti o mesmo arrebatamento quando li "O que é, não é e o que não é, é", exatamente o contrário do "Sou o que sou". Giro a roda-gigante para o lado de Heráclito — as coisas são e não são ao mesmo tempo —, mas quando solto a mão ela volta sozinha para Deus — "Sou o que sou".

Enquanto cozinhava, dona Lili cantava "Que será, será, *whatever will be, whatever be, the future's not ours to see*, que será, será..."

Construção

Tenho treze anos e estou deitada no meu lugar preferido do apartamento novo, a cama dos meus pais. Passo as tardes nessa cama, que se transforma no que eu quiser: a escola do Holden Caulfield, o quintal do Zezé ou o interior da baleia do Jonas. O colchão é envolvido por uma moldura de jacarandá, e em cada lado da cabeceira, também de madeira escura, um interruptor acende uma luz embutida e individual que mantém o quarto meio escuro, isolado do resto da casa. Através de uma janela que ocupa toda a parede, posso espionar os vizinhos dos outros prédios e acenar para o Arnô, namorado da Jany. Para chegar ao quarto, o único com suíte, abro uma porta e atravesso um corredor comprido. Esse quarto, como uma ilha, é o quarto-dos-meus-pais. O armário embutido ocupa toda a outra parede e dentro dessas portas eu reviro os vestidos elegantes, as meias-calças, duas perucas, luvas e echarpes, sapatos de salto alto e o passado dos dois — caixas e mais caixas com papéis soltos, documentos, fotografias, duplicatas, carimbos e nada menos do que uma caixa dentro de outra caixa com o Diário da Minha Mãe. Escrito numa língua que eu não entendo, que ela não

72

consegue traduzir direito, porque mistura iugoslavo, húngaro e português, e onde está narrada a guerra: a mesma que você me conta aos pedaços de dia e de noite, no cinema, na cama e na estrada, mas escrita por você mesma aos dezenove anos, antes de todo o resto acontecer, antes de você conhecer o papai.

Nessa semana fico na cama não só durante as tardes, mas também durmo nela à noite. Meus pais foram para o Rio de Janeiro visitar a Daisy e o Alberto Jaffé, os únicos parentes do meu pai pelo lado paterno; são músicos, pais de três irmãos também músicos, entre eles o Marcelo, que talvez eu ame. Os Jaffé do Rio são bronzeados, de esquerda e ateus, e o Marcelo, cuja presença eu aguardo todos os anos nas festas da casa do tio Arthur, é o único parente com quem posso conversar sobre perguntas como "quem sou eu" e "para que serve tudo isso".

Meus cadernos e livros estão espalhados na colcha dessa cama e estou deitada de bruços. Ouço a maçaneta girando, me viro e vejo os dois, seu Aron e dona Lili se aproximando de mim, sorridentes e com as mãos para trás: "Fomos para Rio, vimos Alberto e Daisy e sabe onde eles nos levaram? Em Canecão, para ver show de teu ídolo: Chico Buarque! E sabe que nós trouxe de presente?". Eu adivinho em silêncio que é *Construção*, o disco que falta na coleção do Chico que eu faço com Suely. Mas agora, vindo diretamente do show e com o autógrafo do Chico, ele é só meu.

Uma parede do quarto da Suely era toda coberta de pôsteres com as capas e o rosto do Chico Buarque. Sabíamos todas as canções de cor: "Rita", "Pedro pedreiro", "A banda", "Carolina" e a roda-gigante de "Roda viva", aquela que eu cismava em girar para o lado contrário e onde, mais tarde, eu pensava que José tinha visto Juliana com João, "uma rosa e um sorvete na mão". Mexendo no rádio enorme e embutido do móvel da sala da Suely, nós duas alternávamos a locução de um programa de calouros no qual fazíamos o papel de apresentadoras e concorrentes, competindo, principalmente, com as canções do Chico. O Ariel, irmão mais velho e intelectualizado da Suely, assistia com ar irônico ao nosso show e caprichava nas explicações políticas: "Não tem nada de divertido nessa roda-gigante, vocês parecem duas idiotas, é tudo sobre a ditadura militar, as pessoas estão sendo censuradas, presas e torturadas, e o Chico é um revolucionário". Ele nos apresentou *Morte e vida severina* e comparou Severino aos meus pais, "só que o Severino, Nô, é estrangeiro no próprio país, migrante sem direito a trabalhar e nem mesmo a morrer". Para driblar a Censura, "bando de burros", o Chico precisava recorrer a truques e metáforas: "cálice" era cale-se, Julinho de Adelaide era um nome falso, "Apesar de você" não era uma canção de amor, "Bárbara" era uma canção lésbica e "você não gosta de mim, mas sua filha gosta" era sobre a filha do presidente Geisel. Nós *precisávamos* ouvir *Construção* um disco feito de quebra-cabeças, músicas que se montavam como um prédio de blocos em que as peças podiam ser trocadas.

Um operário se despede da esposa e dos filhos e sai para o trabalho numa construção. Sobe até o topo, ergue quatro paredes de tijolos, senta para almoçar seu feijão com arroz, chora, ri e então tropeça e flutua, caindo no asfalto e atrapalhando o tráfego, tragicamente irrelevante. Um João beija uma Maria como se ela fosse *a última, a única, a lógica*; beija os filhos, Pedro e Antônio, como se fossem *o único ou o pródigo*; João atravessa a rua com um passo *tímido ou bêbado*, chega na construção e sobe até o topo como se fosse *máquina*, ele mesmo um elevador, ou como se fosse... A descoberta desse jogo de montagem, de cada palavra como um tijolo e do próprio operário como um tijolo que podia ser trocado à vontade — ninguém iria notar a diferença — foi como uma corrente elétrica passando por mim, uma aceleração, e precisei escrever um poema parecido, fiquei pulando na cama e escrevi uma carta para Stela.

Tudo — "Valsinha", "Deus lhe pague", "Cordão" — parecia ter sido feito para mim, o Chico autografou o disco porque sabia que eu era a eleita, eu, eu, eu. Palavras que podiam ser coisas, num jogo com o segredo à mostra, fácil e, ainda assim, impossível. A mulher de "Valsinha" e seu homem salvavam o mundo dançando na praça, o dia amanheceria finalmente em paz, seria tanta felicidade que toda a cidade despertaria, também aqui era possível trocar as palavras de lugar, rodando o dia, a vida, a dança e a vizinhança. "Cotidiano" era o tédio, o contrário de "Valsinha", mas também dava para trocar as palavras de lugar, "me beija com a boca de hortelã, café, feijão, paixão, pavor", tanto fazia beijar com paixão ou com pavor, cheirando a café ou feijão, tudo igual e mecânico, a indiferença que se fundia com "Deus lhe pague", "o pão para comer, o chão para dormir, a certidão para nascer e a concessão para sorrir", mas que poderia ser "o pão para dormir e a concessão para nascer", sempre alguém fodido ou se fodendo, tudo tanto fazia, troca a pessoa, troca o lugar, tudo é sempre igual.

O disco *Construção* me libertou, eu me dei licença para desobedecer. Fumava escondido, não estudava e acabei me tornando a pior aluna da classe, pegava segundas épocas, falsificava a assinatura dos meus pais e deixava os meninos passarem a mão nos meus peitos e na minha bunda. Virei a "dada". O Henrique, mais rebelde do que eu, era minha dupla, e desafiávamos os professores, a direção e os pais. No Ichud, o Chico e o Arik Einstein eram nossos guias. Os dois imaginavam uma utopia construída por jovens, na direção de outro amanhã: "*Ani ve atá neshnê et há olam*", ou "Eu e você vamos mudar o mundo", e "apesar de você amanhã há de ser outro dia". Não era possível conciliar socialismo e obediência; a rebeldia era necessária para a revolução política e pessoal. Eu não queria o futuro previsto pelo meu pai — casada com um judeu médico ou engenheiro e moradora do Bom Retiro — nem pelo judaísmo — uma boa menina semirreligiosa. Meu pai dizia "Criei um monstro" e se afundava na poltrona por semanas, sem me dirigir a palavra, até perceber que broncas, gritos e ameaças só faziam meu comportamento piorar.

Um vestido de lona marrom e liso, comprido até os joelhos, com um capuz bicudo e uma sandália franciscana com meias masculinas, era assim que eu caminhava pelo Bom Retiro: "A filha do Eri, que absurdo, menina tão bonita". Meu pai parava o jogo de tranca e me impedia de sair: "Você não vai sair vestida assim, de mendiga. Aonde você vai, que horas volta?".

"Não sei."

Se as broncas não adiantassem, ele mergulharia na depressão, e contra isso eu não tinha o que fazer: cedia, chorava e pedia perdão, iria mudar, "Juro, pai". Dona Lili se dividia: autorizava, secretamente, minha independência e tentava apaziguar seu Aron. No fundo, ele se identificava comigo, sua adolescência, que a guerra tinha interrompido, também foi rebelde. O que o assustava era o medo da mistura inevitável com não judeus.

A condição para eu ir a um acampamento era que eu telefonasse todos os dias. Para a direção do Ichud, essa condição era ridícula. Eu não era nem poderia ser "a filhinha mimada do papai", se você quer ser socialista ou morar num kibutz não pode ficar dando satisfação para a mamãezinha. Mas era isso ou nada, então aceitei.

"Se quiser telefonar, pode ir. O telefone fica numa igreja a cinco quilômetros de distância e você vai sozinha."

Fui. O padre Cândido não só me permitiu usar o telefone, como quis contar sua história. Era um cristão socialista, seguidor da Teologia da Libertação. Eu deveria acreditar no meu coração e respeitar meus pais, que "Coitados, passaram pela guerra". Na volta, já no final da tarde e sob a ameaça de um temporal, a escuridão chegando, a estrada deserta e a solidão batendo, cantei "Cordão" enquanto corria: "Ninguém/ Ninguém vai me acorrentar/ Enquanto eu puder cantar/ Enquanto eu puder sorrir/ Alguém vai ter que me ouvir". O Chico falava da ditadura, mas eu queria me libertar de outros grilhões e, chegando de volta ao acampamento, ensopada, contei, vitoriosa, do inacreditável padre Cândido e decidi não telefonar mais para os meus pais. "Sou mais eu." No dia seguinte, enquanto fumava um Minister agarrada ao meu então namorado, os dois chegaram e me mandaram entrar imediatamente no carro. Uma derrota épica para a adolescente liberta.

"*Ani ve até neshanê et há olam*" era o sonho mágico, mas também pragmático, de morar e transformar o mundo num grande kibutz onde consumismo, status e classes sociais seriam abolidos.

"Apesar de você/ Amanhã há de ser outro dia" era o sonho impossível, mas também possível, de acabar com a ditadura. No movimento das Diretas Já, dez anos depois dessa tarde de chuva e heroísmo, cantei "Apesar de você" junto com uma multidão que, em uníssono, acreditou estar criando uma democracia pela força do coro popular. Já próxima dos sessenta anos, em Tel Aviv, caída de paraquedas numa manifestação contra o primeiro-ministro, de repente escutei uma guitarra, num palco, entoando as primeiras notas do arranjo de *"Ani ve até nechanê et há olam"*, seguido do coro de 500 mil pessoas cantando a melodia da minha adolescência. Novamente acreditei. Mas, além de acreditar na queda do ditador, cantando essa música em Tel Aviv, estrangeira, senti a adolescente reencarnada no lugar com que eu sonhava, como se a utopia de antes se realizasse na entrada da velhice. Eu era a outra que era eu mesma, o tempo tinha dado uma volta e tudo seria diferente. Mas não foi.

Se "Construção" simbolizou minha iniciação na poética e na política, "O que será", na versão cantada por Milton Nascimento — "à flor da pele" —, anunciava o sexo. Para uma adolescente espremida entre a culpa, a fé e o socialismo, aquilo "que me bole por dentro [...] que todos os tremores me vêm agitar", naquela voz, era o perigo. Apesar de eu ser malfalada e despudorada, o sexo me metia medo. Caminhando pelo mato com o Jorge — alto e bronzeado —, peguei no chão uma camisinha usada, achando que fosse uma embalagem velha de Eskibon. Acampada numa barraca em Interlagos, contra a vontade, para assistir a uma corrida de Fórmula 1, eu não sabia o que era "seda" e, diante das tentativas do Ricardo de transar comigo, ele um surfista carioca, recuei assustada, "Não encosta em mim". Tive nojo quando o Henrique me ensinou a beijar de língua, mas me juntava no ônibus ao coro dos meninos para cantar uma "música de palavrão", sem ter a menor ideia do que as palavras significavam: "Pisca o cu, balança o saco, bate com a bunda no meu pau, levanta cabaço, pisca o cu, bate punheta".

Na voz do Milton, naqueles versos do Chico, o sexo era outra utopia possível e "o que será" parecia não ter interrogação.

O que será, sim, seria. Trepar. Eu queria trepar.

Demian

Rua Correia dos Santos, 159, a vinte metros da oficina dos pais, parada na calçada com um livro aberto em frente ao rosto, o queixo caído, uma menina lê:

"A ave sai do ovo. O ovo é o mundo. Quem quiser nascer precisa destruir um mundo."

Posso ver o título na capa do livro: *Demian*. Ela repete a frase baixinho mais de dez vezes. A a v e s a a i d o o v o, aavesaidoovo, A AVE SAI DO OVO, a a e a i o o o, VSDV. "O ovo é o mundo. Quem quiser nascer precisa destruir um mundo." Qual é o meu ovo, ela se pergunta, que mundo eu preciso destruir para nascer? Também não gosto da escola, não tenho amigos, só um, como o Demian. Queria viajar sozinha para fora do Brasil num avião cor de laranja, como a Jany, ter um pufe no quarto e deitar no colo de um namorado que tocasse violão.

A menina fecha o livro e caminha, devagar, até a loja dos pais. Espia sem ser percebida: a mãe está concentrada, passando a máquina de cortar tecidos numa pilha enorme de panos esticados e riscados por ela mesma com um giz triangular. A mesa é comprida e a mãe comanda as outras duas cortadeiras. Ela é convicta, vai com certeza no pano. O pai aparece num vão que separa a sala da frente da área dos fundos, onde é feito o caseado, se aplicam os botões, os pacotes são embrulhados. Em sua mesa o pai gerencia tudo e faz as contas. Ele está bravo, algum pacote estava errado, o "ilustre" atrasou a entrega. Está cobrando algo da mãe e ela não responde, não pode se distrair e isso o enfurece. Ele some para dentro e a menina continua olhando. Na parte da frente, várias pilhas gigantes de tecido formam ora um labirinto, ora uma fortaleza, ou um esconderijo. Bem nos fundos, depois da sala do pai, num quarto pequeno, ficam as coisas esquecidas: montes de retalhos, botões e um armário velho com um espelho riscado na porta. Dentro do armário, fantasias antigas das irmãs, um vestido de bailarina, sapatos gastos de salto alto e as gavetas com fotografias velhas. Algumas lembranças são como o conteúdo desse armário e ficam nos fundos das salas de caseado, da prega de botões e da mesa de cálculos e assinaturas. É nessa salinha que se guardam as memórias inúteis como esse mesmo armário. O que se escondia nele talvez não fossem fotografias, talvez fossem cadarços gastos, talvez nem houvesse gavetas.

A menina faz que vai entrar na loja, a mãe ainda a avista, mas ela rapidamente some e entra pelo portãozinho de ferro lateral, que abre para um corredor estreito e extenso, no fim do qual está o pátio da casa antiga, onde suas irmãs moraram antes de ela nascer. A menina sobe as escadas e chega na casa vazia: sala, dois quartos e uma cozinha empoeirados. Nenhum banheiro. Ela só tem onze ou doze anos e já tem um passado, aquela casa, o diário da mãe na caixa de sapato, o armário do espelho riscado. E tem um futuro, ou dois, um de cada irmã: Janis Joplin ou Geraldo Vandré, desbunde ou política, hare krishna ou ditadura. Talvez ela não fosse só a caçula de três irmãs, mas o vértice de um triângulo: o Brasil era o futuro dos meus pais; a Iugoslávia e Auschwitz eram o passado; Israel seria o meu futuro, o da Stela, um Brasil justo, e o da Jany, o mundo. Mas meu futuro, com o tempo, se tornou o passado dos meus pais.

Dá para ver a ansiedade nos gestos dela, andando nervosa pela casa velha, o pó sujando os dedos, não dá para sentar em lugar nenhum, ela desce rápido as escadas e acaba sentando num relevo de concreto onde antes havia uma piscina. Quantas coisas aconteceram lá, como viveram tantas coisas sem ela, a irmã mais velha castigada naquele banheiro minúsculo do quintal, a outra levando cadeiradas do pai, as duas nadando na piscininha ou andando de charrete de bode em São Sebastião. A menina abre o livro na página e relê: "A ave sai do ovo. O ovo é o mundo. Quem quiser nascer precisa destruir um mundo. A ave voa para Deus. E esse Deus se chama Abraxas". Ela não tinha prestado atenção: "A ave voa para Deus. E esse Deus se chama Abraxas". Dá para ver sua decepção. Na cabeça dela, "destruir um mundo" não tinha nada a ver com Deus. E quem era Abraxas? Ela continua lendo sem prestar muita atenção, só para ver se descobre. Nem respeita a pontuação, muitas palavras e frases são difíceis, o livro é da estante da irmã, a menina roubou *Demian* de lá, sente um tremor, quer pertencer àquele mundo profundo e escrever com aquelas palavras. Correndo pelas frases, vai pulando as páginas, "Abraxas, um espírito maligno, uma divindade dotada da função simbólica do divino e do demoníaco". Abraxas, ela pensa, o Deus para onde a ave voa depois de destruir um mundo. Não era como o deus judaico, Abraxas não era fé, mas magia.

A menina fecha o livro, abre de novo, não sabe o que fazer com ele nem consigo mesma. Se levanta, volta para a rua e depois para o pátio. "Divino e demoníaco." Quais serão meus pensamentos profundos?, ela pensa. Se eu conseguisse ser como o Henrique, que desafia os professores, se eu não sentisse tanta culpa por ter contado ao meu pai o maior segredo da Stela… todos me acham estranha. Quer saber, sou estranha mesmo, Divina e Demoníaca, vocês vão ver.

* * *

Faço uma pausa.

Esses lugares, a frente do prédio da Correia dos Santos, a proximidade da loja dos pais e a casa desocupada. Sinto a mesma urgência no corpo, não sei mais quem escreve, o ovo, a ave, ainda preciso destruir um mundo. Preciso voltar ao Bom Retiro, onde conheci a menina. Da minha casa atual até a estação da Luz é a mesma linha de metrô e lá eu faço baldeação até a Tiradentes, onde a menina pegou o metrô pela primeira vez e fez três vezes a viagem completa de Santana ao Jabaquara. Quando saio da estação Tiradentes, de frente para a avenida e para o parque da igreja Dom Bosco, tudo é familiar, mas embaçado. Me sinto traída: onde estão a mercearia Europa com a geladeira de rocamboles de chocolate, a loja de pastrame na rua Prates, a papelaria chique da Três Rios? Só o "turquinho" e a Burikita continuam lá, agora comandados pelos filhos e netos dos antigos donos.

Para andar quatro quarteirões até a Correia dos Santos, que atualmente se chama rua Lubavitch, levo uma hora. Entro na vila onde morava a Sheila e na rua Tocantins procuro a casa em que a menina aprendia a tocar piano. Na farmácia que ficava no cruzamento da Guarani com a Tocantins, a irmã mais velha, aos três anos, tomou uma injeção com a dose errada, que lhe provocou uma miopia. Agora a farmácia são dois comércios geminados, um de celulares, o outro um x-tudo. Chego à Correia dos Santos e lembro que uma vez, nesta mesma calçada, a menina afastou a mini-blusa e ficou caminhando com um minisseio de fora; passou um caminhão e o motorista disse: "Ê menina safada...".

Me posto em frente ao 159, de costas para a portaria. Foi aqui mesmo. Foi aqui que a menina leu as frases do *Demian*, ficou segu-

83

rando o livro aberto em frente ao rosto e o queixo dela caiu. Entro no prédio com a licença do porteiro, vou até o hall do elevador, volto na direção da rua, desço as escadas e confirmo. A sensação retorna e me seguro para não tropeçar. O amigo que veio comigo nota minha reação, outra vez o queixo caído, e me cutuca: "Vamos pedir para subir, você precisa ir até o terceiro andar, está pesquisando a vida dessa menina há tanto tempo, essas frases foram tão importantes para ela, vamos subir, sim". O porteiro, depois de muita insistência minha, enfim concorda em tocar o interfone e, quando dona Fátima atende, preciso convencê-la: "Dona Fátima, meu nome é Noemi Jaffe e estou pesquisando a vida de uma menina que morou aqui cinquenta anos atrás. Os pais dela eram iugoslavos, tinham uma fábrica de saias aqui do lado, no 179, e ela tinha duas irmãs mais velhas. Eles venderam esse apartamento para um rabino, posso lhe dizer todos os cômodos da casa. Estou aqui com um amigo, ele é fotógrafo, estamos participando de uma matéria para um jornal judaico da Inglaterra e ele queria tirar umas fotos minhas aí no apartamento que foi da menina".

"Claro, meu bem, pode subir."

Dona Fátima é esposa de um conhecido militante comunista morto na pandemia de covid-19, e nos entreolhamos como duas metades de um talismã. A menina descobriu que "a ave sai do ovo" aqui e dona Fátima me diz que ela também descobriu algo semelhante, no mesmo lugar. É como se já nos conhecêssemos e é do mesmo modo com a casa, que para a menina parecia muito maior. Era nesse beiral da janela, no quarto dos pais, que ela se sentava à tarde, era numa cama como essa em que ela dormia, essa parede inteira era coberta por folhas de jacarandá, nesse armário a mãe guardava os cajuzinhos cobertos de chocolate da Kopenhagen, da sala dá para ver o mesmo pátio do Colégio Santa Inês, as freiras supervisionando as alunas uniformizadas, o crucifixo, a primeira visão que a menina teve do mundo gói.

Me pergunto por que precisei vir até aqui para ver as mesmas coisas que a menina viu: o armário embutido do quarto; os furinhos no armário da mãe, que não formavam uma rosácea, mas uma cruz; e que a menina podia ficar tranquilamente sentada no beiral da janela, porque logo à frente havia uma laje. Que mundos destruí, quantas vezes nasci e nascerei, quantos ovos quebrei? Estou no beiral de outra janela, no futuro. O que seria agora é.

Abraxas, abracadabra, divino e demoníaco, a árvore do Bem e do Mal, quem quiser nascer precisa destruir um mundo, a menina está com pressa, o caminho do 179 para o 159 é curto, ela corre, fica apertando o botão do elevador sem parar, sobe com o vizinho que ela tem certeza de que é um astronauta, a Edir abre a porta, falando: "Que isso, garota, tá com o diabo no corpo?".

"Desculpa, Edir, preciso ver uma coisa."

A menina sobe numa cadeira para alcançar a *Barsa* na prateleira no alto do armário e pega o volume 1: "Abraxas: sequência de letras gregas consideradas como uma palavra, inscrita em amuletos, com propriedades mágicas, seitas dualistas, século II, a divindade suprema, comparável ao Deus Sol dos egípcios". Abraxas ou bruxas, a ave que destruiu um mundo, voou até ele, e ele não tinha nada a ver com *Há Shem*, o Deus que era só bom e que só exigia o bem. Abraxas não, para alcançá-lo era preciso destruir e quebrar, e ela estava cansada de tentar ser santa.

Sentia raiva da mãe e do pai, mas não podia com isso, eles tinham passado pela guerra, a mãe era inatacavelmente ingênua e o pai, o pai não sabia o que queria. Era rebelde ou careta, as duas coisas, ele que se decidisse. "Surpresa!", a mãe disse quando ela voltou do acampamento e a conduziu até o quarto. Todo reformado, irreconhecível, "tudo como você gosta". Ela gostava dos móveis de uma loja na esquina da rua Augusta, módulos montáveis de madeira crua, a cama com bicama combinando e um tapete de corda rústica; mas não queria tudo pronto e de uma vez só, não era para a mãe ter feito isso sem perguntar, a menina queria fazer sozinha. Não disse nada, não podia, e vinha uma raiva tanto mais forte quanto mais muda, na família ninguém nunca deixava a raiva vir à tona, era melhor guardá-la debaixo do tapete ou empurrar a merda para dentro da privada, como no sonho "tão engraçado" da mãe. Ela escreveu um verso do Drummond no seu Rotex e colou na cabeceira da cama nova: "Não sou leitor do mundo nem espelho de pessoas que amam refletir-se no outro à falta de retrato interior". Nem pensou que era sobre a mãe, mas era, ela não tinha que ser o que a mãe não pôde ter sido. Pegou um palhaço de pano velho, acrescentou a ele uma língua de papel com a frase "Blll pra vocês" e pendurou no teto do quarto. Desarrumou as prateleiras e pregou na parede o pôster da Mafalda que o Saulo tinha trazido de Buenos Aires: "*Este es el palito de abollar ideologías*".

É como se Abraxas e Demian tivessem assinado um termo de autorização para a menina seguir adiante com o projeto de ser "a" esquisita. Que o Oscar e o Boris tentassem, agora, fazer um cone com os cadernos e ficar soprando no ouvido dela "Noe*mijaffe*", "Mijona e cagona"; que o Flavio ousasse se esconder atrás da cortina da quinta série e se fingir de fantasma quando ela entrasse na sala; que as meninas metidas a triscassem, tirando sarro da saia, da blusa, do estojo... ela não ia deixar passar. A *morá* Miriam não iria mais humilhar o Jayme, quase cego, mandando que ele fosse ler na frente da turma, e nos bailes ela iria fumar e tirar os meninos para dançar. Como nunca seria a melhor aluna da classe, então ela seria a pior.

No meio do filme *A cartomante*, a Ítala Nandi, sexy, se debruçava sobre o Maurício do Valle. A menina se levantou da poltrona no cine Belas Artes, foi direto até a cadeira do Alexandre — que pagava para cheirar as calcinhas de mulheres na rua da Graça — e sentou no colo dele, assim, sem aviso nem convite. Ela se agarrou a ele, que estranhou no início, mas gostou e se deixou abraçar. Os dois riram e ficaram assim até o final do filme, quando o casal de amantes morre, como no conto de Machado de Assis. Mesmo no escuro, percebeu a turma olhando e cochichando, como se ela estivesse entregando de bandeja o que os boatos diziam: ela era mesmo louca e depravada. Na saída do cinema, os colegas passaram reto por ela, foram rápido para o ponto de ônibus sem chamá-la, até que o Alexandre, hesitante, saiu correndo atrás deles, engrossando o coro: "Ela é que veio pra cima de mim", "Eu deixei porque fiquei com medo de recusar". Na segunda-feira, ninguém mais falava com ela nem olhava na sua cara, e as meninas faziam questão de xingá-la com ar de nojo, "Sua indecente", "Bem que dizem que você é biruta", "Vai se tratar". "Quem quiser nascer precisa destruir um mundo, quem quiser nascer precisa destruir um mundo", a menina repetia. Voltou à tarde para a escola com o *Demian* na pasta, sentou na última fileira e ficou copiando o livro, escondida. Em casa, à noite, se debruçou fundo na janela da sala de jantar e ficou lá por horas, fingindo desejar o suicídio para que seus pais a acudissem. E eles nada. Menina, disseram, vai se ocupar de alguma coisa útil e para de pensar tanto.

"Não creio que se possam considerar homens todos esses bípedes que caminham pelas ruas, muitos deles não passam de peixes ou ovelhas, vermes ou sanguessugas, formigas ou vespas." A Shoshana era uma formiga cê-dê-efe, riquinha moradora da rua Polônia, uma egoísta que não passava cola, os outros que estudassem como ela. O Gerson era o geniozinho de óculos da primeira fileira, não dirigia a palavra a ninguém, tirava dez em tudo e competia com o Celso, os dois insuportavelmente bonzinhos, se odiando e a qualquer um que tirasse menos que nove e meio, duas ovelhas. O Oscar era tão burro que compensava a burrice sendo canalha, roubando material do estojo já escasso da menina e caguetando quem colava nas provas, já que ele nunca sabia nada, um verme. A Liana, coitada, era corcunda de tanto viver de cabeça curvada, a saia abaixo dos joelhos, magra feito um inseto, mesmo com treze anos chegava acompanhada da mãe, que lhe entregava um lanche de frango cozido embrulhado em papel-alumínio, que ela comia sozinha no recreio. O Henrique e a menina odiavam todo mundo, eram a cobra que ofereceu a maçã a Eva, eram a própria Eva, ela era a esposa de Lot que olhava para trás, mas nem por isso se transformava em estátua de sal.

Caminhando em Cracóvia com a filha numa tarde de sábado, a menina, que agora já é mãe, lê os cartazes das agências de turismo, uma ao lado da outra: "Auschwitz e minas de sal em três horas por um preço só", "Visite Auschwitz e as minas de sal", "Conheça Auschwitz em apenas duas horas com um guia multilíngue".

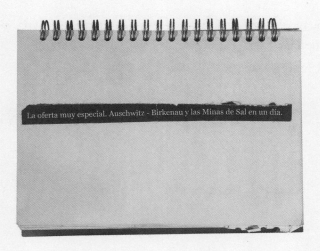

Elas dispensam guias e vão sozinhas até o campo, descobrem sozinhas os barracões, os banheiros, os arquivos e ficam olhando os trilhos dos trens. As duas brigam, a filha sai andando na neve que chega até os joelhos, começa a tossir por causa da bronquite, por isso precisam ir embora, "Vamos embora daqui, mãe, por que você me trouxe neste lugar?". A mãe quer anotar tudo, quer ficar mais, mas não pode, por que ela trouxe a filha?

Elas decididamente não vão visitar as minas de sal. À noite, no quarto do hotel com lençóis mais curtos do que o colchão, depois de ter perdido o celular, a menina sonha que os mortos de Auschwitz se transformaram em estátuas de sal, ela incluída.

Os tesouros do folclore judaico

Como a coca-cola às quatro da tarde no boteco embaixo do prédio, que meu pai tomava no gargalo e num gole só, ou o sanduíche clandestino de pernil todo domingo na lanchonete Saladinha, a piada dos irmãos Itzhak e Iakov também era um ritual. Toda noite ele vinha até minha cama e eu me afastava um pouco para que ele se sentasse na beirada. Às vezes ele se deitava e adormecia comigo.

"Pai, conta a piada."

"Tá bom. Itzhak e Iakov são irmãos e dormem em mesmo quarto. Uma noite Itzhak pede: 'Iakov, pode fechar janela? Está muito frio lá fora'. Iakov responde: 'E se fechar janela, vai ficar mais quente lá fora?'"

Se meu pai gostava de rir das coisas, mesmo das que nem pareciam tão engraçadas, gostava mais ainda de fazer os outros rirem. Sua inteligência não tinha nada de comum, era aguda e agarrava os fatos e as palavras pelas beiradas. Brincava com seu apelido, Eri, que pronunciava como a letra "erre", e fazia trocadilhos com palavras de outras línguas. Quando eu ria toda noite da mesma piada, era uma vitória para ele, seus olhos marejavam e sua história vinha a reboque do riso, o exílio transformado em piada.

Itzhak deveria ter dito: "Iakov, pode fechar a janela? Está muito frio *aqui dentro*". Seu Aron, como bom judeu, sempre dava um jeito de criticar o uso das palavras, até mais do que o conteúdo. O "ão" era uma invenção feita para afastar os estrangeiros; não tinha cabimento os brasileiros pronunciarem "jota" para "j", se seu som era "i", como em "iafe", nosso sobrenome. No pedestal de madeira do jogo de palavras cruzadas, ele inventava as próprias e as defendia quando eu o corrigia: "*Ashkezém*, não pode 'egzistir' tanta letra para som de 's'". Para um povo perseguido, o uso afiado das palavras é uma estratégia de sobrevivência e a autoironia judaica está nelas, como se fossem lanças. Mentira, em sérvio, é "laje", e depois de ter sido roubado pelo melhor amigo e ido à falência, meu pai dizia: "Seu José subiu na laje". "Por que dizem que não pode cuspir em prato que comeu?", e ele cuspia no prato depois de ter comido. "Isso são outros quinhentos, mas por que não trezentos ou mil?" A dona Hana, conhecida desde a chegada deles, em 1949, enriqueceu rápido e bem mais do que meu pai. Pedante e exibida, certa vez cuspiu uma frase que se tornou um bordão: "Hoje em dia quem não tem 500 mil dólares?". "*Ashkezém*", ele repetia, e se imaginava dando essa resposta a um mendigo suplicando esmolas.

Quando eu o acompanhava até a rua Direita, na visita às Lojas Marisa e às Lojas Hela, para ver como andavam as vendas de saias, ele parava nos camelôs, comprava cocôs, ratos e baratas de plástico e depois colocava embaixo das almofadas do sofá para assustar minha mãe. Comprava saquinho de risadas e saquinho de pum e, na mesa do shabat, acionava um pum de surpresa. Num aniversário de casamento deles, colocou um saco cheio de carrinhos de plástico no travesseiro da minha mãe, com um bilhete: "Com muito carinho". Não se conformava que o som de dois "rr" ou de um só fossem diferentes e dizia que nós mentíamos, que era "tudo igual".

Uma piada tradicional do shabat era uma adivinha:

"O que é comprido, tem escamas, rabo, é azul, pendura na parede e fala?"

"Não sei."

"Um peixe."

"Como assim?"

"Um peixe não é comprido?"

"É."

"Não tem escamas?"

"Tem."

"Não tem rabo?"

"Tem, mas não é azul."

"Então pinta de azul."

"Mas não se pendura na parede."

"Você pode pendurar, se quiser. O que te impede?"

"Mas um peixe não fala."

"Nu!, então não fala. Por causa de uma coisinha? Quem se importa?"

A expressão "nu!", ombros para cima, cotovelos dobrados e mãos estendidas, lábios para baixo e olhos interrogativos, é a síntese da filosofia judaica: se não dá assim, faz de outro jeito, não adianta ficar reclamando por bobagem. Uma coisinha não muda nada, deixa de frescura e faz de uma vez o que precisa ser feito. Nada é realmente tão sério nem tão trágico como parece e *meu* sofrimento é sempre mais interessante do que o seu. Se o peixe não fala, que diferença faz? Ainda assim é um peixe.

Consegui comprar de novo *Os tesouros do folclore judaico*.

Seis volumes de piadas, lendas, mitos e personagens típicos dos *shtetls*, como o *schnorrer*, ou mendigo, a *shadchan*, ou casamenteira, o *shlemiel*, ou incapaz, e o "bobo de Chełm", um bobo

mais sábio do que os sábios, um distraído que, errando, atinge a verdade. São os mesmos personagens e as mesmas piadas que meus avós contavam no interior da Polônia e meus pais escutavam no interior da Iugoslávia e da Hungria. Elas valem para qualquer gueto de exilados, inclusive o Bom Retiro, onde eu encontrava o bêbado, o louco, o bobo e a casamenteira caminhando pela rua Três Rios, rua da Graça ou na própria Correia dos Santos, onde eu morava.

Ler essas piadas com os dois era tomar um trem para Senta e Bačka Palanka, ele, o irmão e o pai contando piadas e minha avó Czarna soltando uma risada fina e pequena, ela que tinha vergonha até de se sentar, porque então descobririam que ela tinha bunda.

Na piada "Um engano", um rabino — que só podia ser de Chełm — e um de seus discípulos passavam a noite numa hospedaria. O discípulo pediu ao único criado do lugar que o acordasse de madrugada, porque ele devia tomar um trem. O criado assim o fez. Por respeito ao rabino, que ainda dormia, o discípulo procurou sua roupa no escuro e, por engano, vestiu a capa rabínica, escura e comprida. Chegou correndo à estação e, quando entrou no trem, ficou paralisado ao se ver no espelho da cabine. "Que criado idiota!", exclamou. "Pedi que ele me acordasse e, no fim, acabou acordando o rabino!"

Quantas vezes o espelho não me devolve uma imagem que não reconheço? Às vezes sou minha avó, uma criança ou uma estranha. Para quem vive se deslocando, o que o espelho mostra? Como ter um eu que prossegue quando tudo muda? Rimos do absurdo do bobo de Chełm, mas é um riso esgarçado, de quem se reconhece nele: "Verdade, gente às vezes não sabe quem é". Depois de comprarmos um peixinho laranja na feira da rua Tocantins, minha mãe colocou um espelho no fundo da vasilha improvisada como aquário. De manhã, o peixinho estava morto. "Pensei que peixe ia ficar muito sozinho, por isso pus espelho."

Se os bobos de Chełm se enganam por excesso de distração ou por poesia, os *geshefters*, ou negociantes e comerciantes, enganam por malícia, fingindo que estão se confundindo e chegando a mentir até a própria verdade.

Na piada com o nome delicioso de "Os estrategistas", dois mercadores judeus e rivais se encontram numa estação ferroviária:

"Para onde você vai?", um deles pergunta.

"Para Pinsc."

"Ah!", o primeiro exclama, esperto. "Você diz que vai para Pinsc para que eu imagine que vai para Minsc. Mas eu sei que você vai para Pinsc. De que te vale, portanto, mentir?"

Meu avô era um caixeiro-viajante que vendia e comprava ferro-velho pelos *shtetls* da Iugoslávia, da Romênia e da Polônia, se ausentando de casa por semanas, enquanto minha avó se virava cozinhando para os ciganos e, no shabat, para os judeus.

Empurrando sua carroça pelas estradas de terra, ele grita: "Ferro-velho, ferro-velho, quem tem pregos, panelas, baldes, compro e vendo baraaato". A barra da calça desfeita, uma camisa branca lavada nos riachos, talvez ele cheire a cerveja ou a aguardente barata, talvez conte a piada de Pinsc e Minsc. Bom vendedor, aprendeu a mentir, como meu pai, que também sabe contar mentiras e fazer *gesheft*. Não falo ídiche, mas imagino o idioma como a língua da mentira, de sons e palavras imaginários e mágicos, a língua das feiticeiras judias medievais e dos escritores do Círculo de Escritores de Varsóvia, como Isaac Bashevis Singer e Scholem Aleichem. O "sh", como componente fundamental dessa língua proibida, faz com que tudo pertença a um mundo de fantasia e sonho, onde *shadchens* (casamenteiras) fazem *shiduch* (encontros) para as *sheine meidales* (moças bonitas) e *shlimazels schlepers* (vagabundos maltrapilhos) são os *meshugenehs* (loucos) das *mishpoches* (famílias).

No mesmo território do engano malicioso, fica a estratégia de diminuir o sofrimento dos outros:

"Que importa?

Toivie foi a um médico, que lhe declarou, solenemente, um diagnóstico de câncer.

"Câncer, *shmancer*", disse Toivie, "que me importa, desde que eu tenha saúde?"

Ainda mais sarcástico do que o "nu", o "sh", acrescentado a qualquer palavra, humilha quem reclama do sofrimento e tem o realismo de quem sabe que a vida é uma grande merda. "Governo, shgoverno, o importante é que o país tem justiça social"; "pobre, shpobre, o importante é que tem dinheiro", mas para bom entendedor basta dizer "médico, shmédico", e a gente já sabe que a pessoa vai morrer. Se o "nu" aciona os ombros e as mãos, o "sh" é pronunciado com o movimento de um ombro só e de uma única mão, a boca mais entortada ainda e olhos de quem desconfia. "Não faz drama, nada vale sofrer tanto, esse é o destino de todo mundo." Nunca aceitei a reação dos meus pais à morte de conhecidos ou parentes. Só um muxoxo e, de vez em quando, os olhos um pouco marejados, nunca mais do que isso. Era como se dissessem: "Morreu, shmorreu, importante é que está vivo", diminuindo o peso excessivo que se dá à própria vida, essa película fina.

Com "nu" ou com "sh", essas duas piadas sempre dão a dimensão da minha necessidade de dramatizar as histórias, enquanto o humor judaico só faz rebaixar o drama, como se dissesse que nada vale sofrer demais.

Moishe vai pegar o trem e encontra Sara aos prantos na estação.

"O que houve, Sara, posso ajudar?"

"Meu marido morreu, *oy va voy.*"

"Morreu? Morreu de quê, Sarale?"

"De gripe, Moishe."

"De gripe? Gripe, shgripe, que bom que não foi de câncer."

E outra:

Duvid vai pegar o trem e encontra Chaia aos prantos na estação.

"O que houve, Chaiale, posso ajudar?"

"Não, acabei de perder meu trem por apenas cinco minutos; me atrasei, não tinha dinheiro para o táxi, *oy va voy.*"

"Nu, por cinco minutos e você está chorando? Ainda se fosse por uma hora… não precisa chorar tanto."

Se na infância eu não entendia essas piadas, quando passei a entendê-las não aceitava que os dois me contassem assim, inocentemente, sem levar em conta que Sara e Chaia *eram* minha mãe, a mãe deles, minha avó, mulheres que choram por suas perdas e cujas dores são sempre diminuídas por homens que fazem pouco-caso delas, como meu pai, que fazia questão de se lamentar mais do que minha mãe, mesmo tendo sofrido menos.

Por outro lado, sem a revolta adolescente, hoje penso que, depois que Moishe vai embora da estação, Sara fica sozinha na plataforma, querendo estrangulá-lo de raiva. Mas depois de algumas horas, já em casa, se pergunta se Moishe, afinal, não tinha razão — câncer teria sido bem pior, seu marido teria sofrido ainda mais, pelo menos com a gripe ele morreu rapidamente, sem sofrer, e isso era a maior bênção. Desse modo, Sara volta para a vida, disposta a encontrar um novo marido, quem sabe se não o próprio Moishe?

Entre os judeus dos *shtetls*, mais religiosos, é o homem quem estuda e vive no mundo da lua, sem pensar em coisas práticas ou em dinheiro, cabendo à mulher cuidar dos negócios, da casa e dos filhos, afazeres "menores", de quem se limita a um pensamento prático, mesmo tendo também deveres espirituais. Já entre os judeus urbanos e mais assimilados, o homem trabalha para sustentar a casa e, de preferência, mas com dificuldade, ficar rico. A mulher é a *"idishe mame"*, aquela que cuida exclusivamente da casa e dos filhos com um zelo possessivo e autoritário.

Rivka presenteia seu filho Avram com duas gravatas, uma cinza e uma preta. No jantar, para agradar a mãe, Avram veste a gravata cinza. Ao entrar na sala, a mãe olha para ele e diz: "Não gostou da outra?".

A pergunta de Rivka deve ser feita com o sotaque certo, "No goshtô da ôtra?" e com um semblante de vítima, a cabeça balançando de leve para baixo, a testa e o queixo franzidos, os lábios sobrepostos formando um arco também para baixo, as palmas balançando uma em frente da outra. A *"idishe mame"* ama demais e ninguém reconhece isso. Ela se sacrifica todos os dias — poupando, levantando-se cedo e dormindo tarde, ajudando o pai a sustentar a casa, indo longe para encontrar a carne mais kosher, e tudo com dor nas pernas e nas costas, a pressão baixa ou alta demais, cruzando com pessoas mal-educadas que não a respeitam — e nunca reclama, não tem do que reclamar. Sua família é a mais linda, seus filhos os mais perfeitos, e Deus foi muito bom com ela. A *"idishe mame"* ama tanto quanto teme. Na mercearia Menorá, um quadro mostrava uma mãe chorando desesperada, estendendo um bebê nos braços, aparentemente doente ou morto, como se o mostrasse para Deus e perguntasse: "Por quê, meu Deus? Por que não eu?". O título do quadro, pintado na tela, era *Idishe mame*.

Uma das músicas mais conhecidas do repertório popular ídiche é "A *idishe mame*": "Na água, no fogo, ela correria por seu filho, não a amar é o maior pecado, como é rico e sortudo quem foi abençoado por Deus com esse presente, minha *idishe mame*".

Mas dona Lili era quase o contrário da *idishe mame*. Nenhuma de nós três foi superprotegida; ela chegava ao exagero de "coagir nossa independência", como forçar minha irmã mais velha a usar o penico desde os seis meses de idade e me abandonar sozinha em casa porque eu estava com medo de ir à colônia de férias. Minha mãe confiava. Não conferia as notas nem as provas, só queria que passássemos de ano. Me dava mesada e ainda mais um pouco e nunca foi pão-dura, mesmo sem muito dinheiro. Quando fomos a Miami, subsidiados pelo meu tio, ela fez questão de me levar à Disneylândia e me comprar um guarda-chuva do Mickey, que perdi no dia seguinte. Não reclamava, aceitava o destino, e sua atitude às vezes podia soar como indiferença. As máximas da dona Lili eram "Gente aguenta tudo" e "É isso aí". Raramente chorava a morte de alguém e só dizia: "Nu, que pode fazer, vida assim mesmo. Gente vive e depois morre". Mas uma morte que a atormentou, menos de dois anos antes da própria, foi de uma amiga próxima, moradora do prédio em frente, que faleceu de um infarto fulminante. Minha mãe ficou desesperada e invejosa ao mesmo tempo, dizia: "Sorte morrer assim, sem sofrer nada" ou "Como pode morrer assim tão rápido?". E, mesmo muito doente, nunca deixou de se importar com as palavras: "É cuidadora ou cuidadeira?". E de fazer trocadilhos:

"Mãe, para de fazer tanto ai, ai, ai", eu dizia, e ela:

"Tá bem: ui, ui, ui."

O Pequeno Príncipe

É verdade que meu pai alugou uma casa com três quartos em Ilhabela, pé na areia, mangueiras no quintal, minhas irmãs podem confirmar. Também é verdade que nela chupei uma manga do pé pela primeira vez, passei a tarde inteira tirando os fios, deixei o caroço em cima do muro e, no dia seguinte, ele não estava mais lá. Mas não sei se é verdade que, nessas férias, conheci um menino da minha idade, que me levou até sua casa, no topo de uma montanha. Se tenho lembranças tão certeiras dessa viagem, por que será que a tarde com esse menino, no alto da montanha, ele que foi minha cara-metade, para quem contei histórias de mundos e cuja mãe parecia uma sílfide descalça, com um vestido branco, numa casa de vidro, por que tudo isso pertence àquele espaço da memória onde as coisas ficam rindo da nossa cara, como que dizendo: "Quer me agarrar? Tenta!".

Quem era ele, sua mãe, essa casa, como ele me conhecia tão bem e por que eu quis que sua mãe fosse a minha? Penso onde estará esse não menino, em que não casa ele morará, será que se lembra-esquece de mim como eu dele? Não sei como voltei para a casa das mangueiras naquele dia, mas imagino que ele tenha me acompanhado, eu louca para contar aquilo-que-não-existiu. Mas, assim que cheguei, estavam todos irritados e apressados, meu pai decidiu abortar as férias por causa do excesso de borrachudos, não adiantava tentar, ele não queria, não suportava, teríamos que voltar imediatamente para São Paulo, e eu nunca contei nada, a história ficou só para mim.

Na primeira página de um livro, pouco tempo depois, descobri que aquele menino era o Pequeno Príncipe: "Mostrei minha obra-prima às pessoas grandes e perguntei se o meu desenho lhes fazia medo. Responderam-me: 'Por que é que um chapéu faria medo?'. Meu desenho não representava um chapéu. Representava uma jiboia digerindo um elefante". Tudo. Os olhos tristes de quem não se conforma com a burrice dos adultos, sua preocupação com as coisas inúteis, seus deslocamentos pelos asteroides, o Pequeno Príncipe *era* o menino da montanha. Depois do Príncipe, ser solitária e incompreendida não era mais algo para se envergonhar, e sim para se orgulhar, um sinal de quem não se adaptava ao mundo dos aproveitadores. Era como se esse livro já me preparasse para uma revelação futura, que viria, convicta, com *Demian*: fodam-se os certos, prefiro o errado. E tudo de bom e de ruim que isso me trouxe, até o futuro em que agora estou.

Antoine de Saint-Exupéry, o autor-personagem, era um garoto que, aos seis anos, abandonou "uma esplêndida carreira de pintor", cansado de ser mal interpretado pelos adultos. Acabou seguindo a carreira de piloto de aviões, uma forma de pertencer e não pertencer ao mundo das "pessoas razoáveis". Dentre todos os lugares, é num deserto que seu avião sofre uma pane e é lá que o piloto encontra o Pequeno Príncipe, que, em vez de ajudá-lo com o óbvio, só se interessa pelo que não tem interesse. Em compensação, o Príncipe é o primeiro e único a enxergar um elefante dentro da cobra. Menino-menina, criança-adulto, vestido de príncipe num deserto, não saber sua identidade era parte do jogo que ele inventava: tudo que é útil é inútil. Se você quer consertar um avião quebrado, "desenha um carneiro para mim".

"É verdade que os carneiros comem arbustos?"

Dona Lili perguntava: "O que os cegos estão sonhando?", "Por que elefantes têm tromba?", e pouco antes de morrer, disse essa frase, que colocamos num cartão distribuído aos amigos:

> Acho injusto que, se a gente anda na rua e vê uma flor linda, quer tirar. Por que tirar? Por que não deixar viver pra todo mundo ver essa lindeza?
>
> Lili Jaffe
> 15.10.1926 - 9.2.2020

Não importava que ninguém acreditasse na história de Ilhabela; ao contrário, era melhor ainda, porque "mistérios não se desobedecem". Dali em diante, passei a colecionar histórias em que ninguém acreditaria e que até hoje fazem parte de uma lista de memórias sonâmbulas:

- O Walter, funcionário do meu pai, me levou ao quintal da loja, pediu para ver meus peitos e tocá-los. Se eu contasse para alguém, ele me transformaria em um porco.
- Fugi de casa, roubei dinheiro da carteira da minha mãe e fui até um ponto no meio de uma estrada, onde achei que encontraria o acampamento do Ichud. Escalei morros, me perdi, me sujei toda e não tinha dinheiro para voltar.
- Ganhei um concurso de poesia promovido pelo programa *Mosaico na TV*. O prêmio era um vestido de couro, que usei ao vivo, enquanto o apresentador lia o poema sem entendê-lo.

- Num sítio do tio Arthur, em Eldorado, achei que vi a Mary Poppins voando no seu guarda-chuva, vindo me buscar pela janela.

Memórias que se levantam do leito e caminham pela casa, falantes como se acordadas e que, depois, retornam para o sono pesado. Para o Pequeno Príncipe, são as histórias, e não os "homens de negócios", que salvam o mundo. Histórias, memórias, é difícil separá-las. Esse menino justificava uma revolta que então nascia, sem que eu soubesse bem o que era. Ele se parecia com "o menino impossível" do livro *Poesia brasileira para a infância*, com o Louco da Turma da Mônica e com o Zezé, do *Meu pé de laranja lima*, personagens esquisitos, mas elogiados por isso mesmo. O Henrique e eu, que acabávamos de nos conhecer, já éramos o que um dia seríamos: um exército de dois, legião estrangeira do Renascença. Se o Pequeno Príncipe não se incomodava com a inutilidade de suas perguntas e se achava esquisitos os adultos e não as crianças, com suas questões incômodas, aceitei de bom grado o lugar da clandestinidade: "A Noemi é doida", "Não fala coisa com coisa", "Ela se acha profunda".

Como o autor do livro, que desenhava para não correr o risco de ficar como um adulto e "só se interessar por números", também sonhei em ganhar uma caixa de canetas hidrográficas Pelikan, à venda no Mappin. Ganhei finalmente as canetas de aniversário e as coloquei num estojo especial de pele de cabra: "Lembrança de Campos do Jordão para minha irmã Noemi", gravado com o espirógrafo. Mais do que fazer as lições de casa, eu desenhava e pintava pesando a caneta sobre o papel, preenchendo todas as partes brancas, diferentemente da minha mãe, que gostava de pintar fraquinho, o que me irritava.

O desenho, para mim, faz parte das coisas que não sei e que, por isso mesmo, faço. Não para acertar, mas para ficar na ignorância. Se o piloto precisa desenhar, o Pequeno Príncipe precisa per-

guntar, não tão interessado nas respostas, mas nas infinitas perguntas: "Os carneiros comem baobás?", "Eles comem os espinhos das flores?", "Por que as flores têm espinhos?", "Não terá importância a guerra dos carneiros e flores?".

No seu pequeno planeta, o asteroide B612, existiam dois vulcões, baobás que precisavam ser constantemente cortados, flores comuns e apenas uma flor estranha, nascida de um broto de origem desconhecida, de que o Pequeno Príncipe cuidou. O planeta era tão pequeno que o menino conseguia acompanhar 43 pores do sol num único dia só se deslocando minimamente de lugar. Certa vez ele decidiu partir para conhecer outros asteroides, como se partisse na direção das paixões humanas, para conhecê-las: o absolutismo de um rei que governa ninguém num planeta ainda menor que o seu; a vaidade de um homem que só pensa em ser elogiado; a vergonha de um bêbado que bebe porque odeia beber; a ganância de outro que só pensa em contabilizar as estrelas, sem nem contemplá-las; e a submissão de um acendedor de lampiões que só faz acendê-los e apagá-los a cada segundo de sua vida. "Os adultos são bizarros", o Príncipe pensa e sente saudades da flor. Todos os males humanos estão representados nesses adultos que gastam a vida mais preocupados consigo mesmos e com suas obrigações do que com o que realmente importa: carneiros, flores e espinhos.

Depois de vagar por tantos planetas ínfimos, habitados apenas por uma única pessoa "bizarra", o Príncipe enfim se apronta para conhecer a Terra, mil vezes maior e mais diversa do que qualquer um dos asteroides. Lá conhece a solidão e a tristeza ao se dar conta de que sua flor — uma rosa —, que ele considerava única, é igual a milhares de outras. Ele sai em busca dos homens e conhece a raposa, que lhe pede que a cative. "O que é cativar?", o Príncipe pergunta. "Criar laços", ela responde e lhe ensina a cativá-la pela paciência, pelo tempo e pelos ritos, que tornam um dia diferente do outro, já que eles parecem ser todos iguais nesse planeta monótono. Finalmente, depois de cativada, a raposa ensina ao menino a "lição" mais conhecida: a rosa do Príncipe, mesmo que se pareça com todas as outras, é única porque ele é quem cuida dela. "Tu te tornas eternamente responsável por aquilo que cativas", a frase do garoto que achava os adultos bizarros, é vista em camisetas vendidas a torto e a direito nos aeroportos, nas exposições imersivas, em agendas e calendários. "Tornar-se único", "ser responsável", "criar vínculos" são slogans de adultos que seriam rejeitados pelo personagem. Mas na minha infância essa frase se tornou uma oração, um lema, mesmo que eu não fosse nem um pouco responsável nem cativante. Eu confiava no principezinho como no menino de Ilhabela.

Rosa dos ventos

Fui pegar o esmalte vermelho da minha irmã numa prateleira alta do banheiro, subi na borda da banheira e, assim que toquei no esmalte, caí junto com o potinho. Manchei o piso, a banheira e minhas mãos de vermelho, e não sabia como tirar. Chorei um tempo sozinha sentada na borda da banheira, mas não podia ficar ali, senão logo me descobririam. Consegui limpar o banheiro com a toalha molhada, só que a tinta não saía das mãos. Embrulhei os cacos de vidro na toalha suja, saí escondida e enfiei tudo no fundo do armário, depois jogaria no lixo. No armário embutido da minha mãe, alcancei um penhoar comprido com estampa de frutas, uma em cada gomo do matelassê, e enfiei as mãos nos bolsos laterais. A Stela estava recebendo os amigos na sala e eu queria espiar. Fui me esgueirando pela parede do corredor, não queria que me vissem, ainda mais com o penhoar comprido da minha mãe se arrastando pelo chão. "Vem aqui, Nô", claro que me viram, eu era a xodó da Có, da Tutinha, do Gigio, do Bê e da Bi.

Os amigos da Stela, ou Té, não tinham nomes, e sim apelidos. As abreviações só aumentavam o enigma de ser jovem e beber cerveja, ouvir música, sentar no chão e deitar no colo da namorada, um código erótico a que eu não tinha direito ainda, só quando crescesse. O Gigio tocava Edu Lobo e Chico no violão e gravava em fita cassete, eles cantavam juntos "roda mundo, roda gigante, roda moinho, rodapião" como um hino a si mesmos, era tão pleno ser quem eles eram e ter cabelos compridos, vestir coletes de tricô e usar brincos grandes... Eu era a bonequinha da turma e eles eram tudo-o-que-eu-queria-ser.

Me esquivei como pude e fui para o quarto, frustrada pelo desastre e por não poder participar. À noite, escutei a preocupação da Stela e da minha mãe, talvez eu tivesse me machucado, mas elas não iriam me forçar a nada, minhas irmãs não deixavam que eu fosse educada à base da força, como tinham sido. De madrugada, dona Lili abriu minha mão e viu: era só esmalte. De manhã, não só fui perdoada como riram da minha cara, e a Té permitiu que, à tarde, eu xeretasse seus discos e escutasse o que quisesse na vitrola. A própria vitrola tinha algo de sagrado, embutida num móvel de madeira que bordejava duas paredes da sala, só acessível por uma tampa horizontal; os discos se encaixavam em divisórias precisas, cada LP em sua casa, quietos e pertinentes. Eu estava sozinha aquela tarde, eles eram todos meus. Escolhi *Rosa dos ventos*, o mesmo LP que escutava na casa da Có e cujas músicas eu sabia quase todas de cabeça. As letras indefinidas, esvoaçando na capa como se o vento soprasse e as levasse para longe, a capa toda preta, só com o vulto da Maria Bethânia aparecendo como uma visão, a mão solta no ar, fazendo adivinhar o resto do corpo, a boca entreaberta de quem é flagrada cantando, como se cantasse para sempre, os colares e o peito entrevisto, o disco era meu naquela tarde. Nunca fui boa em controlar a agulha na vitrola nem em colocar o disco dentro do plástico, era descuidada e insolente. Mas nesse dia, não. Eu iria aproveitar a licença para ouvi-lo como uma adulta e retribuir à Stela o favor. Favor não, graça alcançada.

106

* * *

Algumas das cenas com a Stela de que hoje me lembro:

1. Estou sentada na tua cama, na Correia dos Santos, onde o quarto é só teu. Tenho febre e estou lá para assistir à televisão na estante em frente. Você passa na porta e para, se despedindo de mim. "Tchau, Nô, não vou demorar." Está vestindo uma saia kilt curta, xadrez e transpassada, pregada por um alfinete grande e dourado. A camisa por dentro dela é branca e você usa uma bolsa cruzada no peito, deve estar indo para a faculdade ou encontrar alguém. "Té, você pode ficar comigo?"

Você fica.

2. Acabo de contar para o papai que você dormiu com o namorado na mesma cama. Não sei o que isso significa e só contei para não contar um segredo que eu considerava mais grave. Ele se enfurece, me manda para o quarto, fica horas gritando com você e ameaça até se matar. Depois que a tempestade se acalma, você se deita ao meu lado. Te pergunto se está tudo bem, se fiz mal em contar. Você me abraça e diz: "Mais ou menos, vai passar".

3. Um namorado da adolescência some e aparece quando quer, diz que vai telefonar e não telefona e, depois de uma tarde inteira esperando, eu me desespero e te ligo. "Nô, vem aqui agora. Larga esse telefone e vem." Você no sofá vermelho e eu me mordendo na poltrona, você me encara e diz que o sumiço dele é o melhor que pode acontecer. Se ele é assim, tomara que suma mesmo.

4. Me separei faz menos de um ano e acabo de passar por uma cirurgia grave, uma gravidez ectópica, descoberta quando a hemorragia já me ameaçava. Estou internada no Hospital Universitário, sozinha no quarto e só posso receber visitas uma hora por dia. Acho que reclamei da comida insossa e, de repente (é assim que te vejo chegando, de repente), você entra rindo baixinho, com os ombros encolhidos e uma bolsa enorme a tiracolo. "Shhh, fica

em silêncio." Você caminha até o corredor e espia para ver se ninguém vai entrar. "A mulher me perguntou o que eu trazia na sacola, não pode levar nada para os pacientes, e eu disse que eram calcinhas e sutiãs, se ela queria ver. Ela disse que não e eu subi", você foi contando enquanto abria o zíper da bolsa e o jornal que envolvia uma panela de pressão cheia de canja ainda quente: "O jornal mantém o calor".

Bethânia, além de cantar, falava poemas de Fernando Pessoa e trechos de Clarice Lispector, tinha sido a cantora de "Carcará", que a Té assistiu no Teatro de Arena, uma voz que não vinha só da garganta, mas do fundo da terra, prometendo algo que eu intuía como liberdade. "E eis que depois de uma tarde de 'quem sou eu' e de acordar à uma hora da madrugada ainda em desespero — eis que às três horas da madrugada acordei e me encontrei. Fui ao encontro de mim. Calma, alegre, plenitude sem fulminação. Simplesmente eu sou eu e você é você. Olha para mim e me ama. Não: tu olhas para ti e te amas. É o que está certo."

"Plenitude sem fulminação", "tarde de quem sou eu", acordar à uma da madrugada e ir ao encontro de si, e, principalmente, amar, coisas de adulto que eu também queria praticar. Namorar era para as meninas loiras, magras e com pouco peito, como a Livia, a Sula e a Geni. Não era para meninas como a Sheila, de aparelho nos dentes, cabelo ruivo e crespo; nem para a Claudia, alta demais, gorda e de risada escandalosa; nem para mim, de nome esquisito, calada e peituda. O Saulo pediu que eu namorasse com ele, mas era para fazer ciúmes na Livia, e o Alexandre me rejeitou — bem feito para ele, que cheirava calcinhas sujas. O Henrique veio em casa me ensinar a beijar de língua, mas a Jany nos flagrou e deu risada e, no acampamento, nove meninas queriam namorar o Marcelo, mas ele escolheu a Shoshana. Se os meninos passassem o dedo na palma da nossa mão, era para saber se estávamos menstruadas; nos bailes, passar a mão nas costas era razoável, mas se eles passassem na bunda era porque queriam mexer nos peitos e nas outras partes. Algumas meninas já sabiam tudo e falavam abertamente "xoxota, cu, boceta". Namorar dava prestígio, mas dependia de quem e, mais do que me apaixonar, eu queria alguém que se apaixonasse por mim. Mas como alguém iria se apaixonar por uma menina que queria entender o que era "plenitude sem fulminação"?

"Olho a olho, cara a cara. E quando estiveres perto, eu arrancarei teus olhos e os colocarei no lugar dos meus. E tu arrancarás os meus olhos, e os colocará no lugar dos teus. Então, eu te olharei com teus olhos e tu me olharás com os meus" era o auge daquele mesmo amor da Clarice Lispector, trocar os olhos com a outra pessoa para ser olhado com os próprios, "plenitude" era isso. Como o namoro entre a Jany e o Arnô, trancados no quarto dela, agarrados em cima de um pufe mole, um encaixado no outro, os cabelos compridos se misturando, a saia indiana enroscada na camisa branca e larga, beijos longos ao som de Janis Joplin, a mesma troca que a do jogo *Persona* um espelho duplo que fazia a mágica da simbiose entre dois rostos: "Eu te darei os meus olhos e tu me darás os teus". Em outra canção, a Bethânia impunha um "Sim, eu poderia abrir as portas que dão para dentro [...] até que a plenitude e a morte coincidissem um dia, o que aconteceria? [...]". Entender quase nada era ainda melhor do que entender tudo, como se eu pudesse fazer parte de dois mundos ao mesmo tempo, quase criança e quase adolescente, essas palavras me isolavam e me incluíam, com aquela voz vinda de não se sabe onde, como a imagem da capa.

"Meu amor, não tenhas medo/ Quem vive luta partindo/ Para um tempo de alegria/ Que a dor de nosso tempo/ É o caminho/ Para a manhã que em teus olhos se anuncia." A Bethânia — como o Gigio, que cantava essa música acompanhado do violão — anunciava o futuro. Era possível e necessário acreditar num tempo que, hoje nele, sabemos que nunca veio. Mas, como o amor, o futuro viria e o Brasil encenado nás ondas daquela voz era novo para mim: "O mar", "Suíte dos pescadores", as "Cantigas de roda" eram um repertório desconhecido, diferente em tudo das aulas de hebraico, das conversas no Renascença e no Ichud. Eu não era só judia, mas brasileira também, e aquela voz anunciava, além de um futuro, um presente; além do amor e da poesia, a Bahia, o lugar onde, misteriosamente para mim, me sinto voltando para uma casa na qual nunca morei. Na excursão do Renascença a Salvador, hospedados no hotel do Sesc na praia de Itapuã e visitando a lagoa de Abaeté, senti que já conhecia aqueles lugares: "Passar uma tarde em Itapuã/ Ao sol que arde em Itapuã", "No Abaeté tem uma lagoa escura/ Arrodeada de areia branca" e as canções de Dorival Caymmi entoadas pela Bethânia, no sotaque da Bethânia, nos seus colares de deuses africanos, em tudo diferentes de *Há Shem*. Eu pegava punhados de areia fina nas mãos e soltava no ar, gritando: "Essa é minha mãe, esse é meu pai!", como se, sozinha na Bahia, me libertasse da família e do judaísmo. Para uma turma de judeus bonzinhos de uma escola conservadora do Bom Retiro, Salvador era bem mais do que uma atração turística ou uma parte obrigatória da história do Brasil. Era a "Rosa dos ventos" e aquela voz retumbante de futuro: eu também serei assim.

Se o canto é o tempo e o lugar onde escapo de mim, onde sou carregada como Europa por um touro através do mar, sem medo dos monstros nem das tempestades, é por causa da minha mãe e desse disco. Cantando "Movimento dos barcos" e, ainda mais, "Rosa dos ventos", que, como "Construção", também era estruturada com proparoxítonas e uma vogal esticada — "nem uma lástima pra socorreeeeeer"—, eu me erguia acima da infância e atingia "uma enchente amazônica, uma explosão atlântica e a multidão vendo atônita, ainda que tarde, o seu despertar".

Meus pais não falavam da ditadura, que eu adivinhei pelas músicas, pelas conversas da turma da Stela e, em especial, por uma briga entre ela e meu pai por causa de uma passeata. Ele condenava — passeatas não mudavam nada e você ainda podia se machucar —, sabia no que dava protestar. Ela queria ir e foi. Mais tarde, por causa das posições do Ichud contra a ditadura, também nós dois passamos a disputar um cabo de guerra. Em todas as manifestações, até hoje cantar junto com a massa contém algo de religioso, como se eu ainda estivesse desafiando meu pai, como se eu ainda almejasse fazer parte daquele grupo de jovens com apelidos ou como se dissesse para eles: "Olha, eu também estou aqui, todos me chamam de Nô e as injustiças nunca acabaram". Como sempre, minha mãe queria esquecer, a ditadura era problema dos outros, e meu pai só lembrava, qualquer demonstração pública poderia, a qualquer momento, se voltar contra os judeus. Seu ideal de governo não era exatamente democrático nem muito claro: Fidel Castro, a ditadura do proletariado, mas também Jânio Quadros e Tito. Mão forte era o que ele desejava, um governante patriótico e que amasse sobretudo o povo, do qual meu pai queria e não queria fazer parte. A esquerda era sonhadora e a direita filha da puta, não tinha jeito, e essas músicas que eu gostava — de Maria Bethânia, Chico Buarque e Milton Nascimento — eram bonitas, mas não faziam diferença. "Tudo besteira, Brasil acabou." Para mim não tinha acabado, nós mudaríamos tudo e faríamos, juntos, parte daquele "despertar", que um dia pareceu que chegaria, mas, se chegou, foi logo embora e não voltou.

O eu profundo e os outros eus

Alberto Caeiro era o mestre. Baixo e gordo, morava no campo. Álvaro de Campos era exatamente o contrário: alto, magro, a poesia dele falava da confusão da vida urbana. Ricardo Reis tratava de mitologia e do passado, a Jany não era muito ligada nem sabia suas características físicas. E tinha o Fernando Pessoa, ele mesmo, o "eu profundo" do título *O eu profundo e os outros eus*.

"E são todos a mesma pessoa?"

"É, a mesma. E ainda por cima escrevem cartas uns para os outros e críticas elogiando ou falando mal."

Quatro. O Fernando Pessoa tinha quatro personalidades diferentes — heterônimos —, e a preferida da Jany, que me explicou tudo isso, era o Alberto Caeiro, "o mesmo mestre citado pela Maria Bethânia no *Rosa dos ventos*", ela disse.

"Mestre, meu mestre querido!// Porque é que me chamaste para o alto dos montes// Se eu, criança das cidades do vale, não sabia respirar?" Quem fazia essa pergunta a Caeiro era Álvaro de Campos, a tal "criança das cidades do vale" que não sabia respirar

112

e que, reduzido ao mundano, não se sentia à altura da sabedoria do mestre.

O Caeiro era como o Maharaji, o guru dos Beatles e da Jany, e como o Don Juan do Carlos Castañeda, todos em estado puro de contemplação. Para ela, as coisas eram o que eram e deveríamos olhar para elas assim: uma árvore era só uma árvore, não uma cadeira, dinheiro ou amizade. O nascer do sol não existia para a gente ficar alegre, ele existia por si só, e quem o olhava dessa forma vivia mais feliz. Não era preciso pensar muito, isso apenas servia para nos afastarmos da natureza. O Caeiro só acreditava no que via e achava impossível acreditar em algo invisível; ele só acreditava em Deus, se deus fosse "as flores e as árvores, os montes e o sol e o luar" e, nas palavras dele, "[...] se Deus é as flores e as árvores/ E os montes e o sol e o luar,/ [...] Para que lhe chamo eu Deus?".

Pode ser que a Jany e o Arnô não fossem tão hippies quanto eu idealizava, mas eram "paz e amor" e adeptos da contemplação. Quando a Jany desembarcou em São Paulo, no alto da escada do avião laranja da Braniff, vinda de Londres e portando um chapéu de lã, um vestido de estampa psicodélica curtinho e brincos indianos, essa visão se tornou instantaneamente mitológica para mim. Amar e ser, ser o que se é, curtir mais do que protestar, ouvir música indiana e ler Alberto Caeiro. Diferentemente da Stela, de esquerda, a Jany era moderna. Não era nacionalista nem pensava no futuro, mas no presente: aqui e agora, o melhor lugar do mundo. A Bronie, a modelo cosmopolita e pioneira do olhar blasé, era amiga da Jany e do Arnô, e os três andavam pelo bairro; às vezes eu, membro uniformizado do Ichud, de calça jeans e camiseta, os encontrava na rua, passando com seus cabelos compridos e tingidos, magros, roupas indianas e a barba loira do Arnô, o homem mais cortejado do bairro e fotógrafo da *Playboy*. Enquanto eu comia sanduíche de mortadela na padaria, eles iam para alguma balada clandestina. O quarto dela era um templo, lá reinava o amor e se respirava sexo. Uma coleção de LPs de rock progressivo e músicas indianas ficava guardada em caixotes de concreto, junto com livros de psicologia, coisas que eram só dela e do Arnô, que também dividiam um estojo com bonequinhos secretos. Eu não podia mexer em nada, muito menos nas roupas brilhantes e "transadas"; só com a autorização dela. Mesmo assim, eu afanava tudo, riscava os discos ou não os colocava de volta nas capas certas, usava as roupas da Jany, que depois guardava amassadas no meu armário, nós brigávamos com tapas e empurrões, e ela, por pena, quase sempre me deixava ganhar.

Deitada no chão da sala, folheando e parando em cada heterônimo de *O eu profundo e os outros eus*, me dei conta do absurdo. Se Fernando Pessoa tinha quatro personalidades, cada uma escondida dentro de algum recanto diferente da alma, como uma delas podia dizer que "o sentido íntimo das coisas é elas não terem sentido íntimo nenhum"? Não percebi, nesse dia, que cada personalidade do poeta era independente das outras e que as contradições faziam parte do jogo. Arrogante, rejeitei o Caeiro, talvez para negar não o poeta, mas a Jany. Se o Caeiro só acreditava no que via — nas árvores, nas flores, nos montes, no sol e no luar —, eu só acreditava no que não via, no Deus invisível, nas metáforas e no passado dos meus pais. Não vi minha mãe carregar uma pedra na cabeça por horas seguidas nem meu pai limpar a bosta das vacas num estábulo-prisão, nem meu avô assinando, numa barbearia, um manifesto que o levaria à morte, mas acredito nisso como em mais nada. Não vi esse passado como não vi Deus nem deuses e só posso orar se não os vejo. No lugar de contemplar, imagino e narro. As coisas, para mim, não são as coisas, mas palavras e cenas de outras histórias. Vivo entre analogias, uma coisa é quase sempre o que ela não é e, desse desastre, vem a melancolia. O Caeiro é o oposto; para ele, "O Tejo tem grandes navios/ E navega nele ain-da,/ Para aqueles que veem em tudo o que lá não está,/ A memória das naus", mas Tejo, que esconde o que não está lá, "não é mais be-lo que o rio que corre pela minha aldeia/ Porque o Tejo não é o rio que corre pela minha aldeia".

"rrrrrrr, Hé-la, hé-la, tudo o que passa, tudo o que passa e nunca passa! as burguesinhas, as corrupções políticas, eh-lá-hô, up-lá, ó cais, ó comboios, ó portos, ó guindastes, eia! eia! eia!, Z-z--z-z-z-z-z-z-z!, o que serei, de que forma; o que me será o passado que é hoje só presente?... penso, e todo o enigma do universo re-passa-me. Onde está hoje o meu passado? O mistério alegre e tris-te de quem chega e parte. Ahó-ó-ó-ó-ó-ó-ó-ó-ó-yyyy... laнo--lahá-á-á-à-à! Abram-me as portas! Que nenhum filho da puta se me atravesse no meu caminho! Heia... heia... heia... Preciso tor-nar os meus versos seta. Preciso tornar os versos pressa, preciso tornar os versos nas coisas do mundo. Realizar em si toda a huma-nidade de todos os momentos, sentir tudo de todas as maneiras, viver tudo de todos os lados. Eu sou um internado num manicô-mio sem manicômio."

Álvaro de Campos não tinha a alma para ver as coisas claras nem sabia respirar o ar do alto dos montes, que soprava pela voz da Maria Bethânia no disco *Rosa dos ventos*. O que ele sabia era pensar, o que, para o Caeiro, era a pior doença. O menino de Ilha-bela, os sonhos repetidos com trens, ser judia e ter orgulho por so-frer, o que eram senão pensamento? Meu interesse não era, nem nunca foi, pela natureza; uma árvore, infelizmente para mim, é sempre metáfora de algo mais. Na porta do meu armário colei a frase: "Não sou nada/ Nunca serei nada./ Não posso querer ser na-da./ À parte isso, tenho em mim todos os sonhos do mundo". O palhaço pendurado no teto, essa frase no armário, outra frase do

Drummond colada na cabeceira da cama e o pôster da Mafalda eram, alternadamente, um bunker e uma vitrine, dependendo da conveniência. Eu também queria "Sentir tudo de todas as maneiras,/ Viver tudo de todos os lados,/ [...] Realizar em si toda a humanidade de todos os momentos" e ser uma louca fora do hospital.

Se na dona Lili a ingenuidade era franca e sua cara de pau vinha de uma ignorância da hipocrisia do mundo, em mim, que herdei dela esses dois atributos, eram também máscaras, e a verdade era meu dom de iludir. Fazer tudo o que me dava na telha, desafiar os costumes e as autoridades constituídas — meu pai, os professores e diretores da escola, os *bogrim* (adultos) do Ichud — eram a parte que me cabia, o que restou para os dois cavaleiros não do apocalipse, mas do desajuste: o Henrique e eu. O Álvaro de Campos era o porta-estandarte da pequena loucura e da cara de pau, o poeta que driblava o destino, recusando-o: "Viver tudo de todos os lados,/ Ser a mesma coisa de todos os modos possíveis ao mesmo tempo,/ Realizar em si toda a humanidade de todos os momentos". Fazer e falar o que não se deve, na hora errada e para a pessoa errada, ser "vil no sentido mesquinho e infame da vileza", não ter paciência para tomar banho, ser "ridículo, absurdo", se esborrachar e escrever.

O desafio daquele sábado à noite, irresponsavelmente criado pelos monitores do Ichud, era nos fantasiarmos de algum personagem urbano e, num perímetro definido no centro da cidade — da praça da República à praça do Patriarca —, nos misturar à multidão. Ganharia o jogo quem não fosse reconhecido por ninguém. As regras eram rígidas, apalpar era proibido e os disfarces tinham que imitar o papel escolhido com perfeição. O mendigo ficou deitado na sarjeta da praça da República até urinarem em cima dele, o carregador de cervejas passou de lá para cá vestido com macacão da Brahma e carregando engradados pesados e eu, fantasiada de garota de programa, caminhei faceira pela rua Barão de Itapetininga com peruca loira, maquiagem pesada, óculos, vestido de voal roxo, meia-calça de redinha e sapato alto, fumando um cigarro atrás do outro. Um colega chegou a pensar que me encontrou, mas, ao ver o tanto de pelos nas pernas — mesmo eu sendo bem peluda —, desistiu. Sentada num banco da praça da República, tirei, de dentro da bolsinha da minha mãe, o poema copiado do Álvaro de Campos: "Sou livre, contra a sociedade organizada e vestida.// [...] Estou nu, e mergulho na água da minha imaginação".

Mas despir-se, entregar-se e multiplicar-se como o Álvaro de Campos não era um jogo vitorioso para uma adolescente sem muita malícia. "Batem-me em cheio em todo o corpo com sede nos centros sexuais./ Fui todos os ascetas, todos os postos-de-parte, todos os como que esquecidos,/ E todos os pederastas — absolutamente todos (não faltou nenhum)./ Rendez-vous a vermelho e negro no fundo-inferno da minha alma!" O exibicionismo era garantia de prestígio, não de amizade e muito menos de amor e, quando o assunto era sexo, eu me tornava um carneirinho. Não deixei o Flavio nem o Ricardo me comerem, na última hora eu arregava; não sabia o que era "seda", se a menstruação era um período fértil ou infértil, e o Flavio terminou comigo porque eu era "legal demais para ele, a culpa não era minha etc.". E no dia seguinte ele já estava com a Rita. Apesar de comer em Yom Kippur na frente da sinagoga, colar nas provas na frente dos professores, pedir um menino em namoro, mostrar o dedo do meio para um policial e acampar em plena avenida Paulista, não tive coragem de fugir com o Peter para o porto de Santos, pegar um navio e sumir do mapa. Prometi que ia e não fui. Minha entrega era comedidamente desmedida, mas, acreditando nos disfarces, também criei quatro heterônimos:

No ônibus, voltando do curso de inglês na avenida Angélica,

eu era Sarah Miles, adolescente americana que mal falava o português e que, com o sotaque carregado como o do rabino Sobel, puxava conversa com os passageiros, pedindo ajuda para pagar a passagem. Eu era filha de missionários, professores do Colégio Santa Inês, mas tinha me recusado a estudar lá, fui estudar no Scholem e sonhava em ser atriz do Taib. O problema era o português, que eu não aprendia de jeito nenhum. No ônibus, conheci um padre de uma igreja no Tatuapé, que rezava toda semana pela minha alma conturbada, e um estudante de odontologia da USP, na rua Três Rios, que me acompanhava até em casa e sonhava em aprender inglês. Essa personagem só existia nesse percurso, com as aulas ainda frescas e uma vontade urgente de falar a língua como nativa, de ser estrangeira e incompreendida de verdade, não só na imaginação. Era bom testar a reação dos passageiros, e eu não tinha vergonha de mobilizar o ônibus todo, desde o motorista até o cobrador, fingindo não saber como se pagava a passagem nem como selecionar na carteira a quantia certa. Talvez fosse uma forma de passar pelo que meus pais passaram ou de seduzir quem aparecesse pela frente. Quem sabe alguém não se apaixonasse por aquela americana perdida?

Ganhei da Jany um poncho comprado na Inglaterra, cuja estampa imitava os típicos ponchos peruanos, mas que era diferente daqueles vendidos na praça da República. Com aquela roupa, me senti como ela, cosmopolita. Meus amigos teriam inveja de mim, nada se comparava àquela peça, nem no Ichud e muito menos no Renascença, onde ninguém nem entenderia seu significado. Mesmo no calor, fui com o poncho visitar o acervo do Masp num sábado à tarde e, diante do quadro *O escolar*, do Van Gogh, me transformei em Laura Larau. Dali em diante, quase todos os domingos à tarde passei a frequentar o pátio do museu vestida com o poncho e incorporando a Laura, menina problemática e melancólica de olhar distante, que ficava debruçada sobre o parapeito do banco de concreto, olhando a fonte da avenida Nove de Julho. Em algum momento ela abria um livro e fingia ler, aguardando que alguém viesse abordá-la, querendo saber o título. Felipe se aproximou timidamente e se sentou ao meu lado.

"Como você se chama?", eu perguntei.

"Felipe", ele respondeu, "prazer."

"Eu sou a Laura Larau."

"Nome engraçado..."

"Sim, eu sei, o sobrenome é só um anagrama do nome."

Ele não sabia o que era anagrama nem se interessava por livros, eu me decepcionei, mas não quis perder a oportunidade.

"De que tipo de música você gosta?", perguntei, e ele disse que do Taiguara. Eu não conhecia e me ofereci para ir à casa dele. Felipe estranhou mas aceitou e passamos a tarde escutando toda a obra do Taiguara numa vitrola pequena, numa sala pequena, a mãe dele acompanhando tudo.

Brava, Djamila Abuahab era uma flecha. Judia sefaradita, seus pais eram ateus e fugitivos políticos do Egito. Se o Bom Retiro já não era um bairro com muitos sefaradim, ser sefarad e ateu era um escândalo. Nas discussões políticas do Ichud, era ela quem brigava, não eu, embora ninguém soubesse. Djamila era afirmativa e franca, bem mais do que eu conseguia ser, e para ela tudo eram obviedades. Não só em suas opiniões — sobre a Palestina, a ditadura, o comunismo —, mas no jeito de se expressar, nos lapsos de linguagem e até no tom de voz. Brigava para desierarquizar o movimento ou teimava em fazer reuniões na rua. Justiceira, defendia os mais fracos sem que eles pedissem, salvadora em tempo integral. Ela parecia querer viver, no Brasil e nos anos 1970, a mesma experiência de seus pais e vivia fugindo de perseguidores invisíveis, de qualquer um em qualquer lugar. Seu nome foi inspirado em uma construtora, em contradição com a própria personagem. Levava uma mochila baiana de couro cru e zíper quebrado, com roupas e sacos plásticos espirrando para fora, jornal *Opinião* debaixo do braço e usava uma calça em que havia rabiscado *Liberdade* e remendado um coração de veludo vermelho. Ela era livre e dizia "não".

Num livro de poesia medieval, descobri que "leda m'andeu" significava "tenho andado alegre". Assim surgiu Leda Mandeu, poeta e perdedora de vários concursos de poesia. Leda Mandeu caminhava a esmo, demorando-se nas calçadas, especialmente na rua Augusta e no parque Trianon, sempre com olhar perdido, respondendo com frases poéticas perguntas simples como "Que horas são?". Ninguém a entendia e era esse seu desejo, para comprovar sua solidão, necessária para a poesia. Para uma exibida, era um papel difícil de desempenhar e exigia uma introspecção que eu não sabia transmitir direito. Ela fugia de casa, mas apenas por algumas horas e, quando voltava, ninguém havia percebido. No intervalo das aulas, sentava-se num banco de concreto e abria um livro do Drummond ou de Fernando Pessoa e ficava lendo baixinho, pronunciando as palavras com perfeição, "É dentro de você que o Ano-Novo/ cochila e espera desde sempre" ou "A alma humana é porca como um ânus/ E a Vantagem dos caralhos pesa em muitas imaginações". Foi derrotada num concurso de poesia da revista *Claudia* com este poema:

melancolia.
e minha voz te pergunta:
que passou com tua voz?
melancolia,
e minha voz corria
pelas ruas
sem solidão.
quando te vi na esquina
pensei que eras outra pessoa.

a voz saiu correndo,
buscar um caminho...
fiquei contigo
mudo
na esquina
e tu tens tua voz

Ainda adolescente, ela decidiu que, se um dia eu tivesse uma filha, se chamaria Leda.

Apesar (ou por causa) de tanto Álvaro de Campos, agora próxima da velhice Alberto Caeiro me faz uns acenos, ainda de longe: "Quando vier a Primavera,/ Se eu já estiver morto,/ As flores florirão da mesma maneira/ E as árvores não serão menos verdes que na Primavera passada./ A realidade não precisa de mim".

A Hagadá de Pessach

Sentada a uma mesa comprida, com mais de sessenta pessoas vestidas com suas melhores roupas, na casa do tio Arthur; sentada a uma mesa mais comprida ainda, usando o uniforme do colégio, com mais de duzentos professores, pais e mães, no salão nobre do Renascença; ou sentada de pernas cruzadas no chão da maior sala do Ichud, num círculo de uns quarenta jovens de calça jeans e camiseta, eu passava a semana de Pessach cantando as músicas da Hagadá e comendo alimentos que, mais do que comidas, eram metáforas. O próprio título do livro com a ordem dos rituais de Pessach — a Hagadá — quer dizer "contar", como se as histórias da Branca de Neve ou de Dom Quixote se chamassem "histórias". A noite de Pessach segue uma ordem obrigatória, ou seder, e cada segundo dela é preenchido por um ritual em que todo gesto, comida e palavra são e não são: a *matzá* é um pão achatado, sem fermento e também a pobreza e a pressa dos judeus sem tempo de cozer a massa; o *maror*, ou amargor, é uma erva amarga e também as lágrimas do judeus escravizados; o ovo duro é sinal do renascimento judaico durante quarenta anos no deserto; o *charosset*, uma pasta doce, é o símbolo da argamassa usada nas construções pobres, e assim sucede o jantar, entremeando as comidas com músicas cantadas em coro, cada canção como um trecho da fábula do Êxodo. Palavras mágicas como ramos de um cacho que nos tornava apenas partes, uma única data de um calendário muito antigo que vinha de longe e ia para longe, cada dia tão importante quanto o ano inteiro.

No café com leite, de manhã, quebrávamos a *matzá* em pedacinhos e mergulhávamos no copo até transbordar, comendo a maçaroca com uma colher. Eu apostava que quebraria mais *matzót* que meu pai até acabar o copo, mas perdia. Nem pão nem arroz nem refrigerante, nada que fermentasse ou crescesse. Oito dias numa dieta plana, lembrando sofrimento e pobreza, mas celebrando uma liberdade conquistada à custa de pragas terríveis, abertura mágica do mar Morto, destruição de um bezerro de ouro e quarenta anos num deserto. No seder, dona Lili se recusava a respingar vinho no prato a cada praga mencionada, rejeitando o espírito de vingança contido nelas: "Não gosto vingança, sentimento ruim". Adolescente, eu levava pão francês para a frente das sinagogas do Bom Retiro e comia, descarada, desafiando regras que, então, me pareciam inúteis, sem pensar que rituais não precisam de utilidade.

Na sequência do seder, o oficiante partia as *matzót* ao meio e as devolvia a um envelope de cetim, onde era guardado o silêncio da *matzá* quebrada. A outra parte era escondida num lugar secreto da casa para, no final, as crianças a encontrarem e ganharem presentes. Era o *afikoman*, som que me levava a uma tenda beduína no deserto, assim como a música também cantada em aramaico: "*Há lachmá aniá, di achalu avataná*", ou "O pão pobre que comiam nossos antepassados". Na cabeceira de uma das duas mesas compridas como a mesa de cortar tecidos da minha mãe ou como a mesa de abrir a massa da Burikita, ficavam minha avó e seu marido. Ela, como a origem de todos, e ele, como um apêndice inútil. A cada cerimônia minha avó lia um discurso misturando ídiche e hebraico e relatava os acontecimentos do ano, nascimentos, mortes, casamentos e guerras. O resto, que não era pouco, só posso imaginar, nunca entendi ídiche. E, depois da morte dela, diante de uma prateleira cheia de cadernetas iguais, preenchidas com discursos e pensamentos, a única atitude que tomamos foi jogá-las fora. Por que fizemos isso, por que fiz isso, por qual deslocamento da vida não soubemos respeitar sua morte, não sei explicar e não me perdoo.

"O que muda nessa noite entre todas as noites?": "*Ma nishtaná há laila há zé mi kol há leilot?*". Repetíamos "*ma nishtaná*" e "*há laila há zé*" muitas e muitas vezes, num eco que se espalhava, um regozijo sonoro de cantar sem entender, judeus e não judeus sentados nas diferentes mesas — no tio Arthur, no Renascença e no Ichud — perguntando "O que mudou?", sem pensar que a maior mudança era cantar junto. Pessach é "aquela festa do *ma nishtaná*", frase que quer dizer muitas coisas ou nada, *nishta* é "nada" em sérvio, "*ha laila há zé*" soa bem, essa canção leva a um tempo em que fomos camponeses ou anciãos. "O que mudou?", mudou tudo. Em cada lugar, metáforas diferentes: no tio Arthur, cantar e comer eram o presente, a família inteira reunida num mesmo lugar; no Renascença, a tradição e o referente exato de cada prato e cada palavra. No Ichud, as metáforas se alargavam e a Terra Prometida era o kibutz e o socialismo; o faraó opressor era o capitalismo, os judeus escravizados eram os trabalhadores de todo o mundo e Moisés, o redentor, eram Marx, Lênin e nós mesmos.

Pessach é a festa das perguntas, feitas pelos quatro tipos de filhos. O sábio quer entender as mudanças da noite: "Quais são as leis que Deus nos mandou obedecer?"; o mau quer saber: "Para que serve tudo isso?"; o simples pergunta: "O que é isso?"; e ao último, que não sabe perguntar, deve-se explicar todos os detalhes.

O sábio era o obediente; o mau, o desafiador; o simples era um idiota; e o último, um ignorante. Nós éramos três irmãs, nem homens chegávamos a ser, e talvez fôssemos todas más: a Stela namorava um gói, a Jany estudava a cultura hindu e, para mim, a liberdade era sair da ditadura. Mas as três obedecíamos o seder por respeito à matriarca, minha avó Czarna, aos meus pais e ao *ma nishtaná*, a música sol e seus satélites "*Havadim Hainu*", "*Daieinu*" e "*Echad mi iodea*". Para as crianças aprenderem os rituais, cujo sentido é repetir, todas as músicas repetem: éramos escravizados e agora somos livres, "*Havadim hainu, atá benei horim*" quatro vezes, o que éramos e o que somos. Em família eu não me sentia livre e acabei me tornando realmente a filha má, chamada de "monstro" pelo seu Aron. "Se Deus tivesse nos dado o shabat, a Torá ou nos tirado do Egito, já seria suficiente", *dai einu*. O sentido dessa letra é que Deus, além de tudo o que nos deu, ainda nos levou à Terra Prometida, mais do que merecíamos. Nunca concordei, mas não tinha importância. Entoar *dai einu* mil vezes, batendo na mesa, era uma percussão infantil, aquém da língua. E finalmente, na última canção da noite, memorizar a ordem decrescente do número treze até o número um, sempre repetindo ao final que "Um é o nosso Deus, nos céus e na terra", era um desafio linguístico, um jogo de memória que, no Renascença, disputávamos tacitamente.

A Hagadá e sua lenda reproduziam a história dos meus pais e de mitos que combinam acaso, salvamento, vingança e sacrifício. Para escapar da condenação de morte decretada aos primogênitos judeus, uma mãe entrega seu filho ao destino, colocando-o dentro de uma cesta de vime no leito do rio Nilo. Por acaso, quem o resgata é a serva de ninguém menos que a filha do faraó, que cria o menino, Moisés — "o resgatado" —, como um verdadeiro príncipe egípcio. Ele controla os escravizados judeus com mão dura até que, num relance inexplicável, vê a si mesmo nos olhos do oprimido e, escutando um aviso de Deus disfarçado de sarça ardente —

"Vá e diga ao faraó que liberte meu povo" —, desafia o rei dos reis, lançando dez pragas terríveis. A última delas é justamente aquela de que ele próprio escapou e é ela, a morte dos primogênitos egípcios, que convence o faraó a libertar os judeus da escravidão. Quarenta anos no deserto, as Tábuas da Lei aos pés do monte Sinai e a interdição de Moisés de entrar na terra onde jorram o leite e o mel, punindo-o por soberba, isso tudo é a jornada do retorno de Ulisses a Ítaca, da passagem de Riobaldo pelo Liso do Sussuarão, do mar revolto de Camões ou do inferno de Dante. Travessias iniciáticas em que o herói se sacrifica acabaram se tornando símbolos da própria vida, sofrer para vencer. Meus pais, os dois, foram beneficiados por acasos, demonstraram perseverança, sendo, afinal, salvos e se tornando heróis. *Meus* heróis, quero dizer, porque nenhum deles se sentia assim. Para o meu pai, ter sobrevivido era também um fardo, a obrigação vitalícia de lutar pelo que ele mesmo não sabia se valia a pena. Para a minha mãe, a salvação se deveu ao Destino e, no final da vida, ela dizia sofrer mais do que na guerra, já que a lembrança doía mais do que o fato. Para confiar na liberdade representada por Pessach, era preciso ter a fé da minha avó, que acreditava no milagre da abertura do mar Morto por Moisés e na aparição única de Deus para o escolhido. De certa forma, era preciso ser o filho ignorante ou o filho simples e olhar para tudo com o espanto inocente de quem acredita na possibilidade de ser livre.

Como se libertar da escravidão? A Hagadá é aquela lenda de um herói, Moisés, que se reconhece nos olhos do judeu que ele oprime, muda de lado e liberta o escravo oprimido usando a violência e a força divina. Dotado de poderes sobrenaturais, ele peca por soberba e ira, quebra as Tábuas da Lei e é punido com a morte antes de entrar em Canaã. Nessa versão da Hagadá, a lição de Pessach é que a mudança de condição — de escravo a liberto — só se dá com o combate, tendo o ataque como defesa.

Mas, de acordo com uma versão apócrifa, Moisés, em uma de suas escapadas da travessia do deserto, buscando algum alívio, afasta-se da caravana barulhenta e se esconde numa caverna. Sem seu tamanco, descansa as pernas, fecha os olhos e sonha com seu antigo ofício de pastor: sem salvar ninguém, apenas com a missão de vigiar as cabras, sem atender a Deus nem subir ao topo do monte Sinai para criar as Leis de uma nova fé — a fé mosaica: não roubarás, não matarás, não cobiçarás, não dirás —, ele que um dia só quis dizer sim. No fundo dessa caverna, nesse dia, Moisés avista um velho corcunda e maltrapilho que, como ele, se apoia num cajado e se senta na areia, contemplando o nada de que o deserto é feito. Moisés se aproxima e, em aramaico, pergunta seu nome, como ele tinha ido parar ali. "Meu nome é Ismael, minha mãe era Hagar e, há três gerações, fui expulso da casa de Abraão, separado à força de meu irmão Isaac e condenado a errar eternamente, com a promessa de, como ele, gerar uma multidão de filhos."

"Ismael?" Moisés olha nos olhos miseráveis do velho e, sem saber como, vê a si mesmo. Também a Ismael Deus prometeu uma grande descendência; como ele, Moisés foi separado de quem amava, e os dois sofrem por cumprir um destino que não é o deles. Moisés sente então a espuma da liberdade e, novamente, fecha os olhos. Quando volta a abri-los, Ismael não está mais lá.

Isaac Bashevis Singer

Nunca perguntei a dona Lili a diferença entre Deus e Destino, mas sei qual seria sua resposta mesmo assim. Para ela, não eram a mesma coisa: Deus era o Deus judaico, inconcebível; o Destino não.

"Mãe, o que é o destino?", pergunto para o ar que roça os pelos do meu braço, menos que um abraço, só um bafejo que chega e passa.

"O Destino, Nôemi, não posso explicar, destino já está escrito, não dá para escapar, para bem e para mal. Vê que aconteceu comigo, por que sobrevivi e por que conheci papai? Para você me perguntar agora que é destino, por isso."

"Mas e os que morreram? Você também acha que o Destino os marcou para a morte?"

"Que besteira você fala. Você pega tudo muito pesado."

Eu tentava flagrar suas contradições. Então o destino só favorecia alguns e outros estavam fadados a sofrer, inclusive crianças? Eu insistia: o que ela chamava de destino era só o acaso. "Mãe, você sobreviveu porque teve sorte de ter sido escolhida para trabalhar na cozinha do campo de concentração e por ter sido presa

9.2.2020

Mãe,

Uma das nossas maiores diferenças era o que cada uma de nós pensava sobre o destino e o acaso. Você sempre acreditou que existe um destino que determina tudo o que acontece na vida de cada um. Que se alguma coisa acontece – boa ou ruim – ou deixe de acontecer, é porque era a hora disso acontecer. Que isso já estava marcado em algum lugar. Eu te perguntava se destino e Deus eram a mesma coisa e você dizia que talvez sim. Acho que não eram não. Era como se o destino estivesse misturado, ou fizesse parte de Deus, para você, mas era algo ainda mais fundo, telúrico e cigano do que isso. Algo que ditava a vida de todos os povos e culturas em todos os tempos e espaços.

Para mim, nunca foi assim. Sempre te disse que acho que só mesmo o que existe é o acaso, uma grande aleatoriedade da existência e que o que acontece com cada pessoa, em cada tempo e lugar, não estava predeterminado em lugar nenhum e poderia como não ter acontecido. Lembro de nossas conversas? Mas mãe, você acha que todas as pessoas que estavam num desastre de avião estavam marcadas para morrer? E quem estava n

quase no fim da guerra." Acontece que isso fazia da sua sobrevivência obra da sorte. Salvar-se do campo de concentração, encontrar meu pai, vir parar no país mais esquisito que sua imaginação poderia sonhar, ter três filhas e até responder, já morta, a uma pergunta imbecil, tudo, então, teria sido um acidente? Só depois de sua morte compreendi: cada coisa acontece para uma só pessoa, num só momento e num só lugar. Se é destino, se é sorte ou azar, que diferença faz o nome, se somos todos fragmentos de uma história contada não só por nós, mas por milhares de narradores?

O destino era escrito por anjos, bruxas, fadas e demônios que se divertiam às nossas custas e, de vez em quando, enviavam mensagens cifradas através de sonhos que só minha mãe sabia interpretar. Mimados ou maus, eles exigiam obediência, não se pode enganar o destino: fita vermelha na testa para soluço; molhar não só as mãos, mas também os pés, ao sair de um cemitério; depois de um enterro, enganar o anjo da morte passando numa padaria; não contar as notícias boas para ninguém; nas viagens, usar uma corrente especial — que ela colocava em nosso pescoço; e superstições tão íntimas que nem nos eram contadas. Se para nós tudo isso eram crendices, para ela eram magia, um pacto cigano com seres que moram lá onde ninguém enxerga. Seus sonhos pareciam bíblicos, sacos de trigo transbordando, visitas de parentes mortos, escadas, poços e lutas com anjos, e ela sempre sabia interpretá-los com uma lógica que me escapava, mas que dava certo.

Nas profundezas das taigas russas, das florestas polonesas e das raízes do tempo, judeus miseráveis seguiam suas tradições sagradas como podiam, misturando os próprios rituais aos rituais pagãos, camponeses e ciganos, combinando fé e magia, cabala e ocultismo, *dibbuk*s, elfos e o ídiche com o polonês. Judeus demônios e judias bruxas, era preciso isolá-los, matá-los ou recorrer a eles com suas palavras endemoninhadas, seus milagres que não eram deste mundo, seu poder até de matar Jesus, ave-maria. Chamados de usurários, pecadores e traidores, diziam que eles roubavam as mulheres dos outros e viviam na luxúria, estudavam textos secretos e não pronunciavam o nome do seu deus, na verdade um diabo enrustido. Sopravam nomes em figuras de barro e as faziam viver, as letras de seu alfabeto esquisito operavam maravilhas e eles se casavam com os gentios — "cuidado!" — para submetê-los a ritos malignos de mistérios inomináveis. Eram iguais em tudo aos outros pobres dos vilarejos, mas se achavam diferentes. Bem que Chmielnicki teve razão em relação aos pogroms, incendiando suas casas e seus locais de culto, estuprando suas filhas e saqueando seus poucos bens, malditos judeus, palavras certamente pronunciadas por poderosos e não tão poderosos assim.

Desse mundo recôndito vieram meus avós e minha mãe, herdeiras de um legado místico e mágico, e dele também vieram os personagens e o ídiche de Bashevis Singer, que, mesmo quando escreve sobre os judeus escritores e politizados de Varsóvia ou sobre os judeus assimilados e modernos de Nova York, ainda fala de instinto, magia, destino e da oposição necessária entre a razão e o mito, sem a qual o judaísmo não existiria.

Shiddah e seu filho Kuziba vivem embaixo da terra, num canto onde duas rochas se encontram e onde corre um rio subterrâneo. O corpo de Shiddah é feito de teias de aranha e Kuziba, que tem chifres de cera, está muito doente. A mãe cuida do menino com esterco de diabo e cocô de corvo, um remédio feito de escuridão. Só de ouvir a palavra "humano", Kuziba fica assustado e Shiddah cospe, garantindo ao filho que esses "piolhos" estão muito longe dali, na superfície da terra, um lugar maldito: "O lote dos homens é se arrastar na pele da terra" e "A humanidade é o erro de Deus". Segundo a mãe, foi por amor a Lilith que, num momento de distração, Deus misturou "carne amor esterco e luxúria" e produziu essa raça que precisa de um fole no peito, brancos, pretos e amarelos por fora e vermelhos por dentro, só sabem fazer o mal.

Embaixo, não acima; dentro, não fora; para trás e não para a frente é que se encontra o bem. Na escuridão está a cura, num reino longe das luzes e da razão. *Dibbuk*s, diabinhos e diabinhas, nós os desprezamos por saber que eles é que sabem das coisas. O diabo, que em outro conto visita Sheidele todas as noites, é o único a lhe dar o prazer que ela nunca teve com o marido. Criaturas canhotas e canhestras, feitas de fios de aranha, redes que se movem ocultas capturando moscas distraídas, como o Deus capturado pela demônia mulher, Lilith. As mulheres pertencem aos subterrâneos suspeitos, onde tudo é sem forma e o homem não consegue controlar. Piolhudos, os "humanos do bem" não permitem que Yentl estude a Torá ou que Mendele ame outros homens. Vivem de *mitzvot* — ou deveres religiosos — tão "importantes" quanto sacrificar cordeiros no shabat ou não cobiçar a mulher do próximo, coisa que praticam às escondidas, assim como roubar, mentir e

131

matar. Mendele pode ser feliz com seu marido, e, disfarçados, um escravo judeu pode amar uma gentia. Na mitologia de Singer, o que se empurra para baixo do tapete é o amor — a maior das interdições. Na lista das *mitzvot*, o amor só aparece se dedicado a Deus, o único que, ainda por cima, é invisível. Como não percebem que esse deus é o diabo e que o diabo é que é deus? Um deus que tece teias dentro de cada um, um amor que ninguém sabe para onde vai, nem quando nem por quê. Essa Vontade que guia a todos, o que é se não o Destino de dona Lili?

No roteiro de um romance inédito, encontrado numa gaveta secreta da escrivaninha de Bashevis Singer, uma jovem de dezenove anos, depois de atravessar a Segunda Guerra, consegue retornar a seu *shtetl*, um lugar esquecido no Leste Europeu. Tendo perdido os pais, ela reencontra seu irmão e, feliz, diz a ele que vai se casar com um rapaz por quem está apaixonada. Indignado, o irmão a proíbe de se casar com aquele gói, como ela podia não respeitar a memória dos pais mortos? Humilhada, a jovem concorda. O irmão vai partir para os Estados Unidos e ela, reanimada, quer ir junto. Mas não. Ele roubou seus documentos e os cedeu para uma namorada americana de catorze anos, que, a partir daquele momento, passa a ter o nome da cunhada: Líli Stern. Derrotada em suas escolhas, a jovem sem nome decide se entregar ao destino. Esse destino é deus ou o diabo? Os dois. Ela segue rituais judaicos e acredita em seu Deus, mas não deixa de confiar em *dibbuks*, fórmulas mágicas e superstições. Imersa na tradição cigana, tem sonhos premonitórios, e sua família, já num país distante de tudo, não ousa desobedecê-los. Mesmo à custa de sofrimento, ela consegue o que quer, usando subterfúgios e uma sabedoria que provém do fundo da terra, nas conversas que mantém com Shiddah e Kuziba.

Com uma inocência como a de Shosha ou de Gimpel, o bobo, personagens de Singer, dona Lili teceu uma teia com os mesmos fios de que são feitas suas histórias: amor, sexo, destino, fé, pobreza e feitiçaria. O que é ser judeu, afinal? Na Polônia do início do século xx, ser judeu não era diferente de ser um camponês miserável, um operário, uma atriz de teatro de revista, uma prostituta ou um gigolô. Entre a filosofia de Espinosa, o "eterno retorno" e os muitos sionismos que surgiam, judeus intelectuais se descabelavam nas mesas dos cafés e no Clube dos Escritores de Varsóvia. Ameaçados por pogroms e por antissemitismo, judias e judeus descendentes de bruxas falavam uma língua morta e suspeita, o ídiche, e sonhavam em ir para a América, terra de sexo livre e promessas de prosperidade que quase nunca se cumpriam. Em Williamsburg, no Brooklin, num *shtetl* perdido, nas florestas medievais ou roubando cofres nos apartamentos de Lublin, Sheideles, Shmerls e Tsvetls são assediados por duendes, espíritos reencarnados e feiticeiras que os transformam em libertinos ou ladrões, em sábios ou filantropos.

Um judeu da Babilônia, Kadish Matzliach, trabalha há décadas como milagreiro, mas não tem mais força para enfrentar os demônios. Agora, na velhice, os diabinhos querem se vingar por terem sido manipulados e expulsos dos corpos que queriam habitar. Os anjos maus puxam sua barba e seus bigodes, batem na sua janela, rasgam as franjas do seu *talit*, roubam suas moedas e trocam seus objetos de lugar, além de tentar convencê-lo a se tornar um deles: "Kadish, você já perdeu o Reino dos Céus. Por que não se junta a nós?". Estudando a cabala, ele sonha com feitos milagrosos que o deixarão rico, mas seus milagres fazem cada vez menos sucesso, até que, aliciado pela visão de uma gigante que o seduz com um anel negro, se casa e morre, entregue a Lilith, a rainha do abismo. Ela era como "uma avó esqueleto com pés de ganso, dançava com uma *challah* trançada na mão e dava cambalhotas, chamando os nomes de Chaviriri, Briri, Ketev-Miriri".

Transar e morrer. Sexo é destino e o destino cobra um preço.

Não dá para escapar nem de um nem de outro. No romance *O escravo*, um menino estudioso e magrelo, Jacó, consegue escapar do último pogrom de Chmielnicki. Vendido como escravo, ele se torna camponês numa floresta polonesa, vivendo com outros prisioneiros, os mais ignorantes dos ignorantes: magia, simpatias, monstros, palavras encantadas e maldições, sexo e bebida. Ele se pergunta como o mesmo Deus que criou a árvore e a montanha permitiu que os cossacos destruíssem Josefow, estuprassem sua irmã e matassem seus pais. Se Ele me testa tanto e quer tanto meu amor, por que me mandou Wanda? Por que permite pelos e paus duros e a vontade de ouvir aquela voz dizendo "Por que os bons sofrem e os maus prosperam?" e, quando ele diz não conseguir resolver todos os enigmas do mundo, escutar a respiração dela: "Você sabe tudo, Jacó".

O sexo é o contrário do amor por Deus. Mas é no furor que Jacó encontra o amor verdadeiro. Na noite anterior ao primeiro encontro amoroso, ele suplica por uma tempestade: "A tempestade continuou até ela chegar e, aparentemente, seu pedido foi atendido; um minuto após ela entrar no estábulo veio o dilúvio, caindo torrencialmente do céu como se fossem barris". No topo de uma montanha, depois de mergulharem na água de um riacho abençoado pelo dilúvio, Wanda e Jacó se amam, e essa comunhão cósmica é amor, mas também anúncio de morte. Alforriado, Jacó volta para sua aldeia, mas não esquece Wanda. Ele retorna para a gentia e a converte em Sarah, judia renascida, mulher em corpo e espírito. Para os dois, não são os ritos que importam, e sim o estudo e o amor.

Wanda é uma camponesa de cabelos compridos e escuros e pés descalços. Ela só quer amar, não sente culpa de nada e conversa com o sol e a lua. É como Carmen, Gabriela e Drenka, mulheres que vivem e morrem pelo sexo e pelo amor.

Sarah, a convertida, não. Ela estuda as leis judaicas e renasce até no nome, para se tornar judia de corpo e espírito.

Rutes estudiosas, fiéis e tementes a Deus, ou Wandas pagãs, ardentes e mágicas. Rutes, Wandas, Shoshas, Teibeles, Czarnas e Lilis, todas divididas entre o diabo e Deus, procurando o eixo da balança. Algumas conseguem de vez em quando, outras por muito tempo, outras não conseguem nunca. Mas todas têm a culpa de Wanda, porque Wanda são todas elas.

Impedidos de praticar os rituais — por perseguições, pela fome e pelo trabalho pesado — ou simplesmente discordando deles, judeus de todos os lugares e tempos continuam sendo judeus. Imerso no ídiche, nas tradições e na cultura, o judaísmo vivo é, ao mesmo tempo, um destino, uma maldição e uma bênção. Adaptá-lo faz parte das suas leis e do Talmude: palavras em movimento, mudando sempre de significado. Só o que não muda é o amor, que vem de cima e de baixo, de fora e de dentro.

Com uma avó que me proibia de usar a mão esquerda — *rechte hand* —, de fazer caretas ou revirar os olhos — "Isso é o *dibbuk*" — e de pronunciar certas palavras, e com uma mãe que adivinhava os sonhos e não me elogiava por medo de mau-olhado, eu lia as histórias de Singer como se entrasse na casa delas. E se um tataravô, ancestral da minha mãe, tivesse conhecido uma camponesa e se casado com ela? E se a bisavó de uma das ciganas que almoçavam na casa da minha avó tivesse se apaixonado pelo meu outro tataravô? Pode ser que meu sangue tenha traços ciganos e magiares, pode ser que dona Lili, de um lado, e dona Czarna, de outro, fossem descendentes de Wanda e que suas superstições tivessem origem num estábulo de prisioneiros judeus, fugidos de Chmielnicki.

Os judeus podem ter sido o povo escolhido, mas não deixam

de ser humanos e, para Shiddah, os humanos não passam de "uma combinação de carne, amor, esterco e luxúria", como se Deus fosse ele mesmo um bruxo, que os criou sem querer. Toda vocação humana para o mal era fruto de uma distração. Talvez Deus não tivesse terminado de preparar a poção, quais ingredientes teriam faltado?

Carne, escrevi no meu primeiro caderno sem pauta.

Carne: carne de vaca, carne de porco, amor carnal, Carnaval, festa da carne, a carne é fraca, quem inventou que alma não morre? Teias de aranha têm carne? Diabos fazem sexo? Se o sexo humano é mau, o sexo dos diabos é bom? O Ricardo queria me comer e eu não deixei.

Amor: jesus te ama, *"If that's not love, what is?"*, nunca amei teu pai como ele queria, Deus sente paixão, por que Shiddah incluiu "amor" na poção do Mal? O amor vira o Mal quando se mistura com carne, luxúria e esterco? Como é amar no esterco?

Esterco: meu pai limpava o esterco das vacas no campo de concentração. Meu pai amava o esterco das vacas? Nojo, nojo, vômito, cu, putaria, tirar a blusa no meio da rua, merda, caralho, rebenta cabaço, come cu, bate punheta, sexo sujo, existe sexo limpo? Não consigo deixar o Rica me comer, não deixei o Saulo, mas agora já tenho catorze anos e vou sair desse cu de escola. O Zé disse que eu beijo mal, não sei nem beijar.

Luxúria: luxo, luxúria, sabonete Lux, "x" é uma transa, uma tranxa, cobiça, não cobiçarás a mulher do próximo, aquele alemão bonitão adivinhou minha idade, ele disse que me daria a joia que eu quisesse, deus me livre, deus me livre, livrai-me da luxúria e não me deixeis cair em tentação, tentação é pecado, tantas são as tentações, não dizem que quem não tenta não alcança? Então por que são contra tentação? Tentativa pode, mas tentação não?

Era inevitável que nós, adolescentes revoltadas e socialistas, duvidássemos da religião, testemunhando os ortodoxos do Bom Retiro burlarem as regras, falando de negócios e permitindo que outros trabalhassem para eles no shabat. Como um judeu se sentia no direito de desprezar outro judeu? Por acaso eram melhores que nós só por não rasgarem papel higiênico no shabat ou por não deixarem suas mulheres cantarem em voz alta? A interpretação de Deus como um perseguidor vingativo, que observa a forma como eu me visto e ainda me pune por isso, mas deixa de punir os grandes males, essa fé era, para nós, contrária ao próprio judaísmo. Ou Deus era bom, ou não era Deus, mas nada era tão simples, e a religião não pode existir sem a culpa.

A primeira grande namorada de Isaac Bashevis Singer era um pouco bruxa e dizia ter adivinhado que ele chegaria para alugar um quarto. Ela se apaixonou no mesmo instante, ele alugou o quarto gelado e sem janelas e, durante as noites, ela o iniciava nas práticas sexuais mais loucas, cheias de palavras mágicas e profecias. Juntos, eles liam livros de ocultismo e interpretavam a cabala como queriam, sempre sem dinheiro, comendo pão com água e escrevendo. O irmão de Singer era um escritor mais conhecido e os dois frequentavam o Clube de Escritores Judeus de Varsóvia, onde aconteciam discussões políticas mais candentes, das quais ele mal participava, mais interessado em lendas antigas do que nos destinos do comunismo.

Singer era um pecador que se martirizava, e seu pecado maior não era a dúvida sobre a existência de um Deus em que ele nunca deixou de acreditar, mas o excesso de sexo. Sexo como língua dos deuses e dos diabos, como uma porta para um passado enterrado nas florestas e como cura para um mundo sem cura, rumando para o pior. Ele teve a sorte de fugir para os Estados Unidos, mas lá encontrou a mesma hipocrisia. *Yentl*, o filme preferido de dona Lili, com a Barbra Streisand vestindo roupas masculinas, é como uma Wanda americana, e o amor entre dois garotos numa yeshiva é como o amor de Mendele por seu novo parceiro. Como não ficar do lado de Yentl, que se sacrifica pela Torá e tem uma inteligência superior à dos homens?

Na "corte" do pai de Singer — a sala de sua casa na rua Krochmalna —, seu pai julgava, de acordo com as leis talmúdicas, desde casos banais até tragédias familiares. O que valia era sua *palavra*, e esse termo, na lei judaica, é a própria lei; quem conhece a lei detém as palavras e, em busca delas, iam à rua Krochmalna limpa-chaminés, entregadores de leite, donas de casa, ricaços e seus empregados, ricaços e suas amantes, mendigos e lavadeiras, gritando e chorando em ídiche, e o menino Isaac escutando.

Enquanto Isaac escutava as audiências na corte do pai, a menina Czarna crescia em Brzno, a trezentos quilômetros de distância, os dois com a mesma idade. Como ela não podia frequentar o *cheder*, estudava os livros sagrados escondida dos pais. Seu maior desejo era ser menino para poder estudar a Torá e o hebraico. Enquanto o garoto Isaac conhecia as mulheres e começava a frequentar o Clube dos Escritores de Varsóvia, a garota Czarna crescia feia e sem vaidades, uma menina que dificilmente encontraria um marido. Isaac transava com fulana e sicrana, e a triste moça Czarna foi obrigada a se casar com o irmão do próprio pai, seu tio Benjamin. É aqui que Isaac e Czarna se separam, ela vai para a Iugoslávia, atrás do marido de quem não gosta e que não gosta dela, um caixeiro-viajante que, passando um dia por Varsóvia, sai de um ferro-velho no bairro judeu e tropeça em Isaac Bashevis Singer: "Olha por onde anda, rapaz".

"Desculpe, senhor…"

"Benjamin Jaffe, caixeiro-viajante."

"Sim, desculpe, Herr Benjamin, me distraí, estava pensando em outras coisas."

"Que outras coisas, garoto? Vai trabalhar, tira esse nariz do ar, *luftinspektor*."

Os heróis dos livros de Singer são os judeus perdidos de amor, de miséria e de perseguição, na rua, nas florestas e nas casas, antes e depois da Segunda Guerra. Deus está entre eles, não no céu, e sim no meio das ruas, e foi por isso que o pai de Singer optou pela pobreza, mesmo podendo ter mais conforto. Na história "Por que o ganso guinchou", uma mulher muito pobre aparece desesperada na casa do Rebe: "Rebe, não sei o que fazer, paguei uma fortuna por esses dois gansos para o shabat, eles foram mortos corretamente, veja, estão sem a cabeça, está tudo certo". "Então qual é o problema?" "Rebe, eles continuam guinchando mesmo mortos." Todos se assustam, a mãe, o pai e Isaac nunca ouviram falar de nada parecido. A mãe duvida, fica com a pulga atrás da orelha, mas a mulher joga um ganso contra o outro e um deles guincha como se estivesse vivo. O pai e a mulher se desesperam, é um *dibbuk*. "Será que vou poder comê-los? O que faço, sem dinheiro, se precisar jogá-los fora? É possível exorcizar o diabo de dentro dos gansos?" Mas a mãe começa a rir e o pai fica furioso. Como rir de uma situação dessas? "Você pensou em tirar as cordas vocais dos gansos?" A mãe enfia a mão pela goela dos animais e arranca as cordas vocais dos dois. "Agora tente outra vez!" A mulher vai até lá tremendo, com medo do *dibbuk* e da mãe de Isaac, o pai já querendo que o ganso grite mesmo sem as cordas. A mulher joga um ganso contra o outro e... silêncio.

A mãe tinha razão. Era um problema prático. "É claro", ela disse, "gansos mortos não guincham." A mulher vai embora, a mãe fica na cozinha, Isaac está na sala com o pai, que fala pela primeira vez com o filho como se ele fosse um adulto: "O pai da sua mãe era um grande rabino, filósofo. Bem que me avisaram para eu não casar com ela, essa racionalista, mas eu não escutei".

Pode ser que a dedicação integral dos homens aos estudos da

Torá e do Talmude, obrigando as mulheres a cuidar dos negócios, da casa e dos filhos — eram elas que administravam o dinheiro —, tenha feito com que, entre os judeus antigos, surgissem muitos homens sonhadores e místicos e muitas mulheres pragmáticas e realistas, como o pai e a mãe de Isaac Bashevis Singer, Tevye e sua esposa, seu Aron e dona Lili. Por mais que os homens tenham sofrido, a quantidade de mulheres nos pogroms, perseguidas e na *shoah* sempre foi maior. "Gente se vira", "Gente aguenta", "Gente se adapta tudo que existe" eram os lemas de dona Lili. Uma mulher tem que se virar.

Shiddah, Shosha, Taibele, Wanda, o escravo, o mágico de Lublin são clandestinos da fé oficial e distantes da Lei. Como o bobo de Chełm, estão próximos de um Deus que está mais embaixo do que em cima, mais dentro do que fora, mais na margem do que no centro.

Refazenda

"Abacateiro, acataremos teu ato/ Nós também somos do mato, como o pato e o leão." Acatar o ato do abacateiro é plantar essas mudas de eucalipto às cinco da manhã, em silêncio, o Gil cantando no gravador pousado na terra. Por que plantamos esses eucaliptos, não sabemos bem. Plantamos para acatar o abacateiro, para sermos como o pato e o leão. Daqui a umas duas horas, lá pelas sete, vamos os seis tomar café da manhã numa mesa comprida, junto com o resto do grupo. Ninguém vai nos perguntar o que fizemos, nem nós perguntaremos a ninguém. Essa música e seu nome, "Refazenda", vai ficar durando em mim pelo resto desse dia, dos dias que faltam para terminar o acampamento e dos anos que faltam para, um dia, eu me lembrar de novo dela.

É um acampamento de preparação do corpo e do espírito para quando morarmos num kibutz: acordar cedo, plantar, consertar a casa, preparar a própria comida, conhecer ocupações diferentes, dissolver as vaidades, trabalhar em grupo e em cooperação. Estamos pondo em prática os textos que discutimos, e o silêncio é tácito, ninguém pediu. Cinco da manhã pede silêncio, plantando e ouvindo esse disco novo do Gil na fita, e ficamos assim, "nesse itinerário da leveza pelo ar". Enquanto trabalho, não penso nos preceitos socialistas por trás do que faço, não sei se alguém pensa nisso, talvez só os monitores. Gosto de cavoucar a terra e de tirar as mudas do saco, plantando cada uma bem fundo, sujando a mão até dentro das unhas, que não faço muita questão de limpar. O ato do abacateiro é me sujar sem preocupação e, no café da manhã, cantarolar "Lamento sertanejo" abraçada a uma amiga, a Suely ou a Aidê.

Mas "Refazenda" tem seus limites. Para mim e para o Ichud. Não entendo muita coisa das letras e alguns me olham desconfiados quando canto certas músicas. Mas que "retiros espirituais"? Noemi! Isso é coisa de bunda-mole e essa psicanálise de botequim, de "Eu passei muito tempo aprendendo a beijar outros homens como beijo meu pai", é conversa de maluco. Não é assim que se muda o mundo. "Pelo amor de Deus, dançar", tenha dó!

Só aos poucos, depois do acampamento e depois de o Ricardo dizer "Que horror, eu não beijo homem", "Esse Gil é metido a besta", é que comecei a entender "Refazenda". Fazer de novo, refazer a fazenda, refazendo tudo no feminino, tudo acontecendo — não só o que acontecerá ou já aconteceu. Em casa, o que valia era o passado e, no Ichud, o futuro. Com o Gil era aqui e agora, e isso eu não conhecia, uma revolução do presente. Para uma adolescente idealista e judia, o presente não tinha valor, e jogar um anzol para o céu e pescar um rouxinol, levá-lo para casa e dançar com ele um rock do Oriente era revolucionário. Uma "futilidade ridícula", "uma letra que não faz sentido nenhum", como alguns diziam, mas que me chama, me convoca para alguma coisa que não sei bem o que é, e que eu quero. É urgente e vou.

"Estar defronte de uma coisa e ficar horas a fio com ela", "ter problemas ser o mesmo que não, resolver tê-los é ter, resolver ignorá-los é ter", "que gente maluca, tem que resolver", como eu faria para conciliar socialismo e culpa com a mania de transformar tudo em ficção, de sonhar acordada e o desejo de ser tão brasileira quanto judia? Eu não sabia ser brasileira, "pelo amor de Deus, dançar", não conhecia os orixás nem homens beijando homens, nem drogas e, de sexo, eu queria aproximação e distância. Era o que eu mais queria e temia. Sexo não combinava nem com política nem com religião, dois álibis para não trepar. A música "Meditação", mesmo que eu nunca meditasse, entrou devagar, mas definitivamente, na alma. Sem eu decidir — e depois de ter sido traída pelo Saulo num acampamento, de ele declarar que não me merecia e aparecer no dia seguinte com a Natasha, uma russa exilada de Moscou, filha de pais revolucionários e, portanto, em tudo superior ao meu sofrimento vicário — começou a revolta. Nada escandaloso, mas fui assumindo as diferenças: maconha, sexo, política brasileira, amigos goim, eu queria mais. Homens que "beijavam outros homens" e "tudo de si mesmo/ mesmo que pra nada/ nada pra si mesmo/ mesmo porque tudo". Não sabia ir atrás disso tudo nem onde ficava, mas a intuição me dizia que era fora do Bom Retiro e do Renascença.

Duas vezes por semana na sala da dona Maristela durante três anos, da sexta à oitava série, foi ela quem me salvou de mim mesma. Alta, loira, penteado fofo e curto, topete imponente, blusas coloridas dentro de calças marrons, meio gorda mas nem aí com isso, dona Maristela trouxe modernidade ao Renascença. Ela compreendia. Sem regras, sem moralismo, me escutava e dizia tudo bem, eu não precisava me torturar de culpa por ter denunciado a Stela ao meu pai cinco anos antes. Minha irmã já estava casada, o namorado gói tinha se convertido, meu pai havia aceitado o casamento e eu ainda me remoendo. Essa culpa devia ter algum outro motivo, que eu investigasse. Por que a culpa era necessária? Que lugar ela estava ocupando?

O Henrique, de quem eu tinha me afastado — eu era séria e

ele um repetente desbundado —, me apresentava a amigos diferentes. Um era ator de teatro, o outro fotógrafo, gente sem grana nenhuma que morava sozinha em apartamentos vazios, renegava o judaísmo, fumava maconha e falava de sexo sem constrangimento. Os garotos comiam todo mundo, sabiam quem dava e quem não dava, conheciam rock progressivo e cinema, e o Henrique conseguia conversar com eles. Eu ia, mas tinha medo de tudo. Noemi, você é bonita. Mas dona Lili dizia que eu era gordinha, tinha pés chatos, era meio louca e não falava coisa com coisa. Na avenida Angélica, onde eu passava de prédio em prédio procurando portas com *mezuzot*, para vender vinho de Pessach e arrecadar dinheiro para Eretz Israel, nós quatro — eu, o Henrique, o ator e o fotógrafo — descemos desde a rua Goiás até a Martinico Prado cantando bem alto "Voar, no céu azul é a missão", eu tirei o sapato e esvoacei meu cachecol como uma bandeira na avenida, tinha medo mas queria. A culpa, ela que se danasse, o ginásio estava acabando, o Peter gostava de mim, o Ricardo quis transar comigo, eu não era tão pura.

Solidão verdadeira ou teatral, mas solidão. "Retiros espirituais" e um amor como na canção "Ela", "Eu vivo todo pra ela" — depois do primeiro pé na bunda, o socialismo sionista não dava mais conta da urgência. Me vinguei do Saulo um ano depois de ele me humilhar com a Natasha, deixando que me acariciasse até quase chegar lá e, na hora agá, dar uma de ingênua e me levantar dizendo que eu tinha ido à casa dele apenas para pegar o *Refazenda*, que ele nem gostava. No fim, nem sei se o Saulo se sentiu tão humilhado como eu ou se eu me senti vingada, já que continuei virgem. Para quando e para quem eu guardava tamanha castidade pecadora?

"Refazenda" era a liberação dos pecados da menina culpada, o anúncio da liberdade surgindo na linha do horizonte. Noemi, você precisa mudar. "Mudar", seu Aron dizia. "Para que mania de mudar? Não está bom assim? Sempre digo que meninas não pode ser muito inteligente." Eu pedia que ele me deixasse cair e me levantar sozinha, mas seu Aron achava ridículo, melhor evitar a queda. O disco chamava para o infinitivo: "Viver é simplesmente um grande balão", "Estar diante de uma coisa e ficar", "Eu te ensino a namorar", "O que era de se esperar". O recado era "só ser". Homem forte, nada religioso, meu pai burlava a religião comendo sanduíche de pernil no Saladinha aos domingos, não guardava a dieta kosher e duvidava de Deus. Mas as filhas se casarem com um homem judeu — ele, que não teve filhos homens — era intransponível. O antissemitismo estava em toda parte e ressurgiria quando menos esperássemos, nunca estávamos seguras e, se ele havia passado por tudo o que passou, não somente na guerra, mas depois, no caminho para cá e já aqui no Brasil, foi para impedir que tudo se repetisse. E nós, suas filhas, seríamos responsáveis pelo cumprimento dessa ordem.

Um homem trágico o seu Aron. O casamento da filha primogênita com um gói seria o ápice da tragédia, tanta luta para terminar naquilo, a destruição merecida de quem desafiou o destino e sobreviveu. E *eu* era a caguete, a mensageira das moiras com a má nova, diabinha disfarçada de criança. Traído pela filha, que outras traições restariam para o homem que se frustrou com tudo na vida, com o amor e com o país onde escolheu viver? Desatinado, o herói passou alguns meses largado no sofá da sala, emagrecendo mudo e encenando a morte, quem sabe *ela* não convencesse a filha a desistir. Mas, como no tribunal do pai de Bashevis Singer, também dona Lili conhecia os caminhos tortos por onde guiar meu pai e convenceu o rabino Sobel a convencê-lo. Num lance que dribla a tragédia, após alguns meses estavam as quatro mulheres na sala, a Stela andando para lá e para cá, minha mãe torcendo as mãos e pedindo, nervosa, que a Stela se acalmasse, a campainha toca e vamos, as quatro, atender juntas. Meu pai entra na sala abraçado ao futuro genro.

Refazenda não tem nada do circuito de culpa e sacrifício do meu pai. Ao contrário, o disco chama para um salto. Sumo das festas, de repente desisto dos jogos no meio, me isolo, a Noemi foi pensar. Só sei o que eu não quero, e não quero a coisa certa. "Traga-me um copo d'água, tenho sede e essa sede pode me matar." Quero um namorado, que já existe, mesmo que eu não o conheça. Ele está pescando um rouxinol no céu ou lendo *O jogo da amarelinha* num banco no centro da cidade, ouve Gil num gravador velho da Sony e grava as pessoas passando na praça da República. Ele não é judeu e gosta de Astor Piazzolla, me leva a botecos malditos e me inicia na bebida, nós bebemos até cair e cantamos errado a música do abacateiro, ela é comprida demais pro nosso gosto e trocamos o nome das árvores e o do mês. Eu não sei o que significa "Enquanto o tempo não trouxer teu abacate, amanhecerá tomate e anoitecerá mamão", nem meu namorado, chamado Igor ou Glauber, morador da Vila Mariana, estudante de escola pública que gosta de ler Agatha Christie. O Igor ou Glauber nem nunca ouviu falar de *Refazenda*, e só quer ficar comigo porque não entende o que eu falo e tem tesão nessa bom-retirense metida, que escreve poemas assim:

> *tudo*
> *do teu*
> *nada*
> *no curto*
> *cumprido*
> *nada*
> *do teu*
> *tudo*

e além do mais
só há menos
do teu
nada e tudo.

Quando o Peter me chamou para ir com ele ao Riviera enquanto dançávamos no baile da Sarah, naquele prédio no final da rua dos Bandeirantes, um prédio de arquitetos modernos, e eu lembrei que esse era o bar que a Stela e os amigos dela com apelidos frequentavam, algum nó se esgarçou.

"Riviera, o que é isso?"

"É um bar na Consolação, você vai ver, nunca viu nada parecido."

Fomos de ônibus e, na viagem, demos um jeito de encostar nossas mãos na barra de apoio. Chegando lá, pedi um suco de laranja e o Peter riu. Claro que não dava. Catorze anos, suco de laranja no Riviera, por enquanto eu teria que continuar virgem. Mas quase não.

Meu pé de laranja lima

Dentro do armário de roupas da Stela ficava o cofre de cerâmica em formato de porquinho. Já fazia uns anos que ela juntava moedas e o cofre estava cheio até a boca, bem pesado. Ela me deixava colocar moedas lá e eu imaginava o dia em que quebraríamos o porco juntas: a Stela me deixaria dar a martelada final e me entregaria um pouco das moedas. O cofre era dela, eu podia mexer, mas só com autorização. Eu não era de obedecer, mas me sentia guardiã do porquinho. Ele não era meu, eu só conhecia sua localização secreta.

O Bê me colocou sobre uma cadeira, olhando pela janela da casa da Có, e me mostrou sua moto, estacionada na rua lá embaixo. "Desenha ela para mim; se ficar bonito, te levo para passear de moto, só nós dois. Você deixa, Té?" A Stela deixou. Na minha memória, é o desenho mais bonito que já fiz: a moto perfeita, com todos os detalhes, a moto do Bê, revolucionário cabeludo que me tratava de igual para igual, me explicava as músicas e exibia meus conhecimentos para os amigos da Stela: a Có, a Bi, a Tuta, o Gigio, o Leo. "Prefiro ter toda a vida,/ a vida como inimiga,/ a ter na morte da vida,/ minha sorte decidida/ Sou viramundo virado,/ pelo mundo do sertão,/ mas inda viro este mundo/ em festa, trabalho e pão" — é isso que estamos fazendo, ele me explicava, mudando o mundo, como você também vai fazer um dia, Nô. "Rodamundo roda-gigante,/ rodamoinho, rodapião,/ o tempo rodou num instante/ nas voltas do meu coração" — girar a roda-gigante para o outro lado todas as noites, não desistir até conseguir. "Gente se vira, gente sempre se vira" era a máxima da dona Lili. No caderno sem pauta, escrevi: "Só se virando para entender, se virando, virando-se, sendo virada, vir-se onda, revirando, vindoando, eles vieram virando nas ondas, se virando nas ondas, só quem se vira se vira".

Para os amigos da Stela eu não era esquisita, ao contrário, minha esquisitice era o que eu tinha de melhor. Como eu queria pertencer a este mundo, onde eu ainda não passava de uma mascote... Os filhos temporãos são os últimos em tudo, o tempo, para nós, corre em outra velocidade, estamos sempre depois. Quando chega a velhice, passamos para o outro lado, não somos mais os últimos e os mais novos, mas os primeiros e os mais velhos. Vamos morrer antes, não depois. Ser guardiã do cofre da Stela era uma missão.

Minha mãe sabia disso e me perguntou onde o cofre ficava escondido, mas eu não revelaria por nada. O cofre nem valia tanto para a Stela, mas eu era a sacerdotisa, me sacrificaria para não revelar o segredo e seria uma heroína, nunca mais trairia minha irmã. E quando eu teimava, sabia ser horrível. Acontece que dona Lili era a chefe das sacerdotisas, me afastou com a mão e foi direto para o armário de roupas da Stela, abriu a porta de correr, se agachou e cavoucou bem no fundo da prateleira, de onde tirou um saquinho e, dentro dele, o cofre, isso tudo antes que eu a alcançasse e a empurrasse contra a parede, gritando "Não, nããão!", mas sabendo que eu não podia bater nela. Caí chorando no chão, fracassada. "Por que você está fazendo isso comigo? A Stela vai me matar, eu prometi." Ela me fez levantar, eu me levantei; desobedecer meu pai era fácil, ele mandava e eu o contrariava, mas desobedecer minha mãe era impossível. Ela quase nunca exigia nada, mas quando precisava de alguma coisa, se o mundo a impedia, o mundo que saísse de baixo. "Fica quieta, Nô, não fica boba. Você sabe que é passar fome? Eu sei muito bem que isso. Se perguntar para Stela, ela vai deixar na hora, preciso ir amanhã na feira. Se você quer ir comigo, me ajuda a quebrar esse porco."

Eu ajudei.

"— Como é ruim a gente ter pai pobre!

[...] Papai estava em pé nos olhando. Seus olhos estavam enormes de tristeza. Parecia que seus olhos tinham crescido, mas crescido tanto que tomavam toda a tela do cinema Bangu."

Os olhos do meu pai, nesse tempo, eram ainda mais tristes do que os olhos do pai do Zezé, do *Meu pé de laranja lima*, livro que eu levava na mala da escola, na bolsa do Macabi e na sacola de praia em Santos; onde eu estava o livro estava também. E quando os olhos tristes do meu pai ficavam ainda mais tristes, era um espetáculo de tristeza: Eri, o triste. Pior do que ter ido à falência, estar afundado em dívidas e não ter dinheiro nem para alimentar a família, era ter sido roubado pelo amigo José, seu contador, ou guarda-livros, como eles diziam. Meu pai sentia orgulho dessa palavra, ter um "guarda-livros" era a senha de um imigrante para o sucesso. Um homem que veio do sertão sérvio para o Brasil e conseguiu ter um "guarda-livros". Na estante precária de madeira compensada, ao lado da mesa dele, cadernos de capa dura idênticos mostravam os meses contábeis e, lá dentro, centenas de anotações detalhadas em tabelas precisas, com a letra oblíqua dele, caída para a direita. Nomes, dívidas, empréstimos, contas a pagar, salários, décimos terceiros salários — "*Ashkezém*, nenhum outro país trabalhador tem tanto direito, mas está certo, tem que ser assim" —, as máquinas de calcular e de escrever na sua frente e eu batendo as duplicatas, com as palavras difíceis que ele gostava de dizer — "referente", "atual conjuntura", "agradeço antecipadamente" — e que o faziam se sentir brasileiro. E então o guarda-livros o traiu. Era como se o Brasil o tivesse traído.

CONFECÇÕES JAFFE

Confecções finas para senhoras
ARON JAFFE & CIA. LTDA.
Rua Corrêa dos Santos, 179
Telefone: 220-4951 — São Paulo

"Mas eu não vi, Totoca, eu não vi!...". Zezé, o herói do livro, ofendeu o pai sem querer, mas, de alguma forma, querendo. Ele não era mau, apenas desajeitado. Arrumava encrenca, falando o que não devia para quem não devia e imitando as atitudes dos adultos; "louco" ou "egoísta, o certo é que ninguém o entendia. Mas de que adiantava não ser mau se ele magoava as pessoas, como, nesse caso, o próprio pai? Eu não sabia se eu era o Zezé ou se o Zezé era eu, e tinha certeza de que o José Mauro de Vasconcelos me conhecia. Eu também disse para o meu pai, depois de ele pedir que eu "apertasse" sua cabeça, que não gostava dele. Vestia roupas que ele detestava, ia mal na escola, não dizia onde estava nem com quem, fumava no banheiro e fazia ligações interurbanas escondida. O Zezé conversava com o seu pé de laranja lima e eu inventei um pingo d'água, que chamei de Pinchas.

Na cozinha da casa da Rebeca, em fuga da sala onde acontecia uma festa, em fuga de uma animação na qual não encontrei um jeito de me exibir, fiquei parada, olhando para um fogão e uma geladeira mais pobres do que os da minha casa. Na pia, uma gota caía intermitente e sem ritmo. Ela pingava, demorava para sair da boca do cano, inchava e se esborrachava lá embaixo. Era o Pinchas, com a pronúncia ídiche "Pinrras", nome de personagem de *shtetl*, vendedor de ferro-velho ou sapateiro. O pingo também aparecia todas as tardes na pia da cozinha da minha casa, era só abrir a torneira um tanto e não a fechar direito, e lá estava o Pinchas, o pingo profundo. Ele sempre estava no banheiro ou na cozinha de qualquer casa, brigando para sair, sem remédio senão despencar lá embaixo.

Será que eu ficaria pobre como o Zezé, nós nos mudaríamos para uma casa menor e afastada e eu continuaria sendo a culpada de tudo de errado que acontecia? Não bastava meu pai ter ido à falência e eu ter revelado o segredo do cofrinho; eu só pensava em mim, só queria que vissem meus medos e minha inteligência: mãe, pai, olhem para mim, estou sofrendo e ninguém na escola quer ser meu amigo, me levem com vocês ao cinema, me perguntem as capitais de todos os países, conversem comigo em iugoslavo, vamos ler juntos *Os tesouros do folclore judaico*? Horas na cozinha conversando com o pingo, esperando ansiosa que alguém me visse, se aproximasse e se admirasse com o conteúdo da conversa. Nunca soube se meus pais viam, eles não demonstravam. Ou então eu me debruçava no janelão do apartamento novo, ficava com a cabeça para fora por um tempo e eles, nada. Era como se os dois, naquela situação econômica urgente, tivessem resolvido me domesticar. Sabiam que meu lema agora era "Quem quiser nascer, precisa destruir um mundo" e decidiram não dar bola para bobagens como conversar com um pingo d'água e fingir que ia me matar. Sem palavras, me diziam: "Sai de mundo de imaginação e fantasia e ajuda nós resolver problemas de verdade, não besteiras".

Eu desabafava com o pingo: "Ninguém me entende, talvez eu nem seja filha deles, porque nasci muito tempo depois e todo mundo diz que fui a última desilusão do meu pai. A tia Regina conta que tenho esse nome porque ele disse 'No e minha' quando eu nasci. Meu pai fica furioso com ela, '*Ashkezém*', ele fala, 'verdade que queria menino, como não ia querer, mas logo que você nasceu vi que era você e reparei verruga redonda assim em orelha esquerda. Quando enfermeira voltou com bebê em colo, sabia que era você por causa de verruga e fiquei muito feliz. Mamãe queria te dar nome Viviáne, acredita, nome feio'" — enquanto dona Lili dizia "Viviáne, tão lindo, nome parece primavera, nome de flores" — "e eu falei rápido que não, queria nome bíblico, nome Noemi, mulher inteligente como você".

"Mas a verdade é que meu nome é estranho", continuei desabafando com o pingo, "ninguém chama Noemi na escola nem no Bom Retiro, ninguém tem pais iugoslavos e muito menos sobreviventes de guerra, ninguém é o mais novo em tudo, eu faço anos depois de todo mundo e nem vou poder fazer bat mitzvah com as outras meninas. Não sei usar biquíni na praia como a Suely e as amigas supermagras dela, só ando com saída de banho. Meus pés são achatados e grandes, não sei pular corda nem andar de bicicleta, odeio todos os esportes e na aula de educação física só levo bronca, com aquele short desengonçado e balofo, não sirvo nem para jogar queimada e ninguém quer me escalar para nada. No futebol só me chamam para goleira, e só porque o professor manda. Na minha festa de oito anos, não apareceu ninguém, ficamos só eu e minha mãe olhando pela janela."

Noemi: onze anos e um único amigo de verdade, o pingo Pinchas. Zezé: cinco anos e dois únicos amigos, Manuel Valadares, o Portuga, e o Minguinho, um pé de laranja lima que sobrou no quintal. Os dois, Minguinho e Zezé, uns pobres coitados. Eu sou igual ao Zezé, um arbustinho, ninguém liga para nenhum de nós. Só o Pinchas me entende. Ele veio do mar grande, como os meus pais, como eu era antes de nascer, como o rio que corre na minha cabeça e que me faz sonhar de noite e ler histórias acordada. O

Pinchas passou pelos rios Pinheiros e Tietê até chegar a São Paulo e ser agarrado por alguma máquina em alguma represa. Como todo mundo. Todo mundo sendo enfiado cano adentro, até acabar no ralo de alguma pia, só para começar tudo de novo. Mas tem gente que não entra pelo ralo. Querem nos prender, mas a gente não deixa. Meu pingo é diferente. Ele não aguenta a prisão da torneira e quer voltar para o mar, ter outra sorte, ir lá onde os pingos se juntam e são livres.

O Zezé sofre, mas ele tem só cinco anos. Eu tenho onze e sou menina. Meus peitos são maiores do que os das outras e já menstruei. Ninguém me explicou o que era menstruação e tive que passar a vergonha de, assustada, perguntar para a Noêmia o que era aquele sangue na calcinha. Ela riu, me acalmou e explicou, eu devia ficar feliz. Contei para a minha mãe e ela ficou vermelha, pediu segredo, não era para eu ficar espalhando. Mas a Noêmia disse que era e eu contei. Os meninos ficam me olhando e rindo atrás do pilar, eu passo e eles comentam: "Olha o sangue, Noemi", "Não podia ter usado uma saia mais curta?", "A blusa vai explodir". Azar deles. Eu só gosto do Henrique, desde a terceira série, quando a *morá* Batia viu a gente conversando e disse: "Vamos parar de namorar aí no fundo?". O Henrique riu, e desde esse minuto eu me apaixonei, faz três anos. Ele tem o cabelo cacheado e comprido, quase um black power. Os outros meninos têm cabelo curtinho e escovado, como o Gerson e o Celso, dois cê-dê-efes que sentam na frente e prestam atenção em tudo, sem dormir. Eu sempre soube que o Henrique não era nem seria apaixonado por mim, mas ontem ele me pediu em namoro. Do nada, perto do portão de saída, ele se aproximou por trás, me abraçou e cochichou no meu ouvido: "Quer namorar comigo?". Eu não sabia se ria ou se chorava.

"Verdade?", perguntei.

"Mais ou menos", o Henrique respondeu e eu já senti as lágrimas se juntando na borda do olho. "Na verdade, eu quero é fazer ciúmes na Marcia. Mas só com você, você é a única que toparia."

Como eu poderia não chorar e não cair no chão, gritando: "Por que eu sou assim!?". Como continuar sendo amiga dele? E, principalmente, por que ele estava me traindo desse jeito?

"Tá, eu topo", falei. E não chorei. Como seria o namoro falso?

"Amanhã, no recreio, vou te beijar. Vou te agarrar e te beijar na boca quando a Marcia passar. No dia seguinte eu termino o namoro, invento que você fez alguma bobagem, qualquer coisa."

Eu morava a duas quadras da escola e já no caminho tirei o livro da mala. Era dia do curso de admissão — uma espécie de cursinho para entrar no ginásio —, eu almoçava e voltava para a escola. Me tranquei no quarto, o choro explodiu e li a última página do livro: "Foi você quem me ensinou a ternura da vida, meu Portuga querido. Hoje sou eu quem tenta distribuir as bolas e as figurinhas, porque a vida sem ternura não é lá grande coisa. Às vezes sou feliz na minha ternura, às vezes me engano, o que é mais comum. POR QUE CONTAM COISAS ÀS CRIANCINHAS? A verdade, meu querido Portuga, é que a mim contaram as coisas muito cedo".

Que ódio de ser precoce, de ter pais sobreviventes de guerra e de ser boazinha. Do que adianta? O Henrique quer me beijar para fazer ciúmes na Marcia e depois terminar o namoro por *minha* culpa? Chorei tanto que minhas três moiras bateram na porta. "Abre já", disseram a minha mãe, a Jany e a Stela. Sem fôlego, contei do pedido de namoro falso, do beijo na boca na frente da Marcia e o fim calculado do namoro de um dia. O veredicto foi unânime: "Ergue essa cabeça, você é muito superior a esse idiota. Não importa que ele é o teu melhor amigo, agora não é mais. Recusa o beijo bem na frente da Marcia, você vai ganhar moral".

Cheguei na escola de cabeça erguida e peito para a frente, o Henrique até estranhou. No recreio, eu já não tinha toda essa certeza e deixei que ele me beijasse.

* * *

O Zezé tem cinco anos, sofre por se achar um endiabrado sem solução e por não conseguir salvar o pai da tristeza. Mas o pior mesmo acontece no final do livro, quando cortam o Minguinho, seu pé de laranja lima. Eu tinha onze, sofria por me achar uma endiabrada sem salvação e por não conseguir salvar o *meu* pai da tristeza. O pingo Pinchas um dia foi embora. Nas torneiras e nos pingos, eu não via mais as pessoas aprisionadas pelo capitalismo e pelos bons costumes. Mas o pior estava por vir. A perda do *meu* pé de laranja lima.

Cheguei em casa de um acampamento, uma semana sem falar com eles. Quando dona Lili abriu a porta, eu vi o sorriso dela, as bochechas infladas e rosadas, os olhos castanhos batendo nas têmporas, os dois braços urgentes que não sabiam se me abraçavam ou se me levavam, e então adivinhei. Era uma surpresa, um presente, e nessas horas minha mãe ficava mais feliz que o presenteado. A glória mesmo era como *ela* presenteava bem. E na nossa família se criou a arte feminina e judaica do bem presentear.

Quando dona Lili presenteava e via que meu entusiasmo era apenas normal, entrava aquela mãe judia que diz "Não gostou da outra gravata?" depois de ter presenteado o filho com duas. Ela nunca dava um presente único, eram sempre dois ou mais. Dessa vez percebi que a surpresa era grande. E realmente foi. Saí de casa e, em uma semana, o *meu* quarto tinha sido decorado com os móveis dos meus sonhos. Mas minha mãe comprou todos pintados de branco, a cama estofada com uma estampa xadrez, "Tudo combinando, Nô, não é lindo? Tudo como você queria. Papai e eu foi lá e comprou tudo juntos".

Estava bonito mesmo, não era o que eu queria, mas não tinha importância. Ela se preocupou em realizar o meu desejo, os dois juntos. "Obrigada, mãe e pai, não precisava. A gente podia comprar aos poucos." O armário renovado, as portas brancas e, dentro, tudo arrumadinho, eu, que bagunçava as blusas amassadas com as calças. Engoli em seco e remexi no fundo das prateleiras. Onde estavam meus cadernos e os livros da escola? "Joguei tudo fora. Importante começar tudo novo. Para que precisa aquelas bobeiras?"

"Aquelas bobeiras" eram poemas, histórias e cópias que eu tinha feito desde os seis anos, coisas velhas que ela jogou fora, para que eu tivesse a chance de começar tudo de novo. Era a lei do esquecimento. Como se minha mãe se armasse de amnésias sucessivas e renovasse o estoque de memória periodicamente, tudo novinho em folha. Se era uma estratégia tão benéfica para ela, como não seria para mim? Dona Lili nem pensou em me perguntar se eu queria aqueles cadernos, era evidente que não. Eu não soube ou não pude retrucar.

Este livro ainda é uma tentativa de dar a ela a resposta que não dei e também de recuperar o pé de laranja lima perdido.

O homem e seus símbolos

"Noemi. Só falar o teu nome é suficiente. Quer ser minha?"

"Noemi, você é linda, gostosa, inteligente e não se parece com nenhuma dessas meninas fúteis e burras do Renascença. Quer namorar comigo?"

"Noemi, quando te vi lendo *O homem e seus símbolos* na escada do Renascença, soube imediatamente. Era você que eu estava procurando. Mesmo preferindo o Freud ao Jung, só faço pensar em você. Quer acordar comigo?"

Nenhuma dessas foi a mensagem que o Peter me entregou no meio da rua depois da cerimônia de formatura do ginásio. Eu tinha catorze anos e ele, dezessete. Não sei mais qual era o conteúdo do bilhete. O gesto dele enfiando o papel na minha mão está vivo na memória, mas o texto está dormindo, esqueci. Também lembro como uma cena de filme: caminhar pela rua Bandeirantes, o livro do Jung debaixo do braço, sentar na escadaria que levava do térreo ao primeiro andar, esperando ser chamada pela secretaria da escola para pegar o meu histórico. Eu iria sair do Renascença, e minha celebração foi abrir o livro da Jany *O homem e seus sím-*

bolos. Sozinha, longe dela, e ler as coisas difíceis que o Jung dizia sobre o fundo da alma.

O inconsciente. Individual e coletivo. Sonhos arquetípicos como os da minha mãe, que sonhava com sacos de trigo e escadas que só desciam. A memória dos pais que penetra nos filhos. Ter um passado que não é seu e sonhar com ele. Até onde vai a memória dos antepassados? Até o século XII, o século II, até a época de Moisés ou, mais ainda, até o homem das cavernas? Meus sonhos com trens, perseguições e com um lugar ideal que eu avisto, mas que nunca consigo atingir. O antissemitismo podia ser inconsciente, o racismo, o machismo e até a obediência. No fundo da mente, como debaixo da cama, moravam os monstros e os cacarecos empurrados para lá: lixo, coisas estragadas, brinquedos quebrados, tudo que escondemos dos pais. Se um dia alguém afasta a cama para limpar o pó, encontra aquela nojeira toda amontoada, dá um grito, junta a sujeira e joga tudo no lixo.

Não era só conhecer o inconsciente, mas dizer que eu lia Jung e que sabia falar "inconsciente coletivo". E, talvez por uma sincronicidade dessas que o Jung comenta, no meio da leitura concentrada de uma página o Peter apareceu. Só nós dois, eu e ele sozinhos no pátio do Renascença, eu saindo da escola e ele já formado no colegial. Um adulto. Peter. Nenhum judeu se chamava Peter. A chegada repentina, o interesse dele pelo livro — nenhum menino sabia quem era o Jung —, o cabelo comprido na testa, o cigarro, não saber se ele era judeu, talvez fosse até repetente, dezessete anos e aquele nome, um estrangeiro como eu. E perguntou, depois de folhear o livro e dizer que preferia o Freud por causa de não sei o que do inconsciente, se eu queria ir com ele ao Riviera, "Semana que vem, sexta à tarde, eu te pego em casa e a gente vai de ônibus, ele passa na Tiradentes". Riviera era o nome do bar da Stela, era ela que ia lá com o Bê, a Bi, a Có, a Tuta e o Gigio. Sim, eu disse, já desesperada e incrédula: eu, no Riviera?

Eu tinha uma semana para entender Jung, Freud e me posicionar para o Peter no Riviera. Talvez o assunto nem aparecesse, mas todo preparo era insuficiente. Na prateleira da Jany, Castañeda, Hermann Hesse, mitologia grega e o I Ching com o prefácio do próprio Jung. O inconsciente estava não só em cada pessoa, mas na humanidade, para quem os mitos eram como os sonhos, um mundo em que a lógica não comandava. Era o ninho das ciganas, das judias nos *shtetls*, das camponesas e de dona Lili. O inconsciente era o passado tatuado no sangue das filhas, das netas e bisnetas, e em cada memória individual ele surgia de outro jeito, nos sonhos, nos gestos e nas palavras de cada uma.

O homem e seus símbolos foi como conhecer a revolta do Demian ou a vileza de Álvaro de Campos: "Arre, estou farto de semideuses! [...] Eu, que tenho sido vil, literalmente vil,/ Vil no sentido mesquinho e infame da vileza." O mundo oculto dos sonhos e dos símbolos desde que alguém quis entender o universo e fez desenhos numa caverna, desde que alguém entoou a primeira frase para o céu. Ter sido bicho, ter vivido nas florestas e nos desertos com medo do predador.

"Quando reprimidos, os conteúdos inconscientes da mente podem irromper de maneira destrutiva sob a forma de emoções negativas — como na Segunda Grande Guerra. À extrema esquerda, prisioneiros judeus em Varsóvia, depois do levante de 1943, ao lado, pilhas de sapatos de mortos de Auschwitz."

Quais desses sapatos seriam dos meus pais e avós? E faria alguma diferença se fosse o sapato certo? Qualquer par poderia ser de qualquer judeu morto. Faria alguma diferença se a dona do sapato havia sobrevivido ou sido punida, ficando ajoelhada em pedregulhos por várias horas, carregando uma pedra pesada sobre a cabeça? Se precisou limpar bosta de vacas ou se enlouqueceu e pulou do trem, deixando duas crianças? A única diferença entre a história do seu Aron, da dona Lili e das outras, é que essa história é minha. Cada um desses sapatos caberia no pé de qualquer sobrevivente, em qualquer tempo e lugar. Eles eram o inconsciente da padeira Yentl, do pediatra Yankl, do violinista Tómas Kerr e da física Irina Mandelbaum, de Gerson e Esther Stern e de Benjamin Jaffe, todos misturados na mente dos filhos, netos e bisnetos, no Brasil, na Argentina, na França ou em Israel. É com esses sapatos que sonhamos, sapatos como trens que não param de chegar, numa plataforma de chegadas e partidas incessantes, sem horário nem intervalo. Se o nazismo eram "as emoções reprimidas, ressuscitando como destruição", o que eram esses sapatos? Eu também reprimia a inveja que sentia das meninas magras, ricas e boas alunas e a raiva de meus pais por eles serem estrangeiros. Minha vingança vinha no varejo: contei o segredo íntimo da Té, roubava as roupas e discos da Jany, seduzia mas não dava e me fingia de sonsa. Só eu tinha pais sobreviventes.

Aquela montanha de sapatos, encontrar o Peter na outra semana, ir ao Riviera com ele, sair do Ichud, mudar para uma escola de esquerda, dar ou não dar. O que eu queria era que minha vida fosse como a dos meus pais, queria uma aventura de resistência, em que tudo fosse difícil, com obstáculos intransponíveis para a protagonista enfrentar. Se eu não tivesse inimigos, como a Geni, a Marcia, os ortodoxos ou a direita, não poderia provar minhas proezas: maturidade, precocidade e — uma palavra que sempre me ofendeu — sensibilidade. Uma heroína não deve ser sensível. A história da minha família era como a dos mitos gregos que apareciam no livro do Jung. Um deus vingativo e estrangeiro lança uma maldição sobre os judeus, que, por muitos anos, são quase inteiramente dizimados, inclusive os avós da heroína. Outros deuses se reúnem para derrotar o diabo e, após intermináveis e perigosas batalhas, saem vitoriosos, libertando a mãe e o pai da protagonista, uma adolescente amaldiçoada e abençoada desde o nascimento pelo próprio nome, um nome que soava como "Nome", mas que na verdade significava "Não é minha". Minha vida era uma saga e eu não podia ficar só como coadjuvante, vivendo tranquilamente num país pacífico, sem tragédias para superar.

Escrevi mais um poema no já surrado caderno sem pauta:

O meu pico
ou o fundo da minha caverna
O mais do maior
ou o menos do menor.
Escalar montanhas impossíveis
cobrir vazios, passar por desfiladeiros horríveis,
ou cavar o grão de areia
do torrão de açúcar
e encontrar ali os tesouros perdidos
de uma civilização extinta

Eu já estava acostumada com as minhas outras "eus", a Sarah Miles, a Djamila e a louca que conversava com o pingo Pinchas, mas *O homem e seus símbolos* era diferente. Eram os sonhos ciganos da minha mãe, as pirâmides do Egito, as estátuas incas e os sapatos dos meus avós. Eu sonhava com tabuleiros de xadrez cercados por vikings que falavam de charadas, números e palavras mágicas: meu pai — o passado, a memória e o sofrimento — ou minha mãe — o futuro, o esquecimento e a superação.

- Depois de caminhar muito tempo como peregrina em algum deserto, chego a uma floresta espessa, que consigo abrir a picadas com um facão. Finalmente avisto, de longe, uma praia recolhida. Cheguei, estou realizada. Quero avançar para alcançar a praia, mas as pernas não se movem, eu me arrasto, grito e a voz não sai. A praia desaparece.

- Atravesso todas as salas de aula de uma escola que não acaba, cada uma leva a outra e a outra, estou sempre atrasada e na sala errada, os professores e os alunos me olham feio, me desespero até conseguir entrever a rua. Lá estão meus pais me esperando de braços abertos. Pode vir, Nôemi. Novamente caio e as pernas não respondem.
- Chego à fazenda do Moacyr Franco. Finalmente vou conhecer seus filhos, o Guto e o Mano, que apresentam o programa *Noite com as estrelas*. Eles vão me convidar para ser a estrela do próximo programa, eu vou ganhar uma montanha de brinquedos Estrela e aparecer no topo dela, ao vivo. Eles vão me fazer perguntas e vou dar as respostas mais inteligentes da história do programa. Na hora certa, me sabotam e riem da minha cara. Menina metida a besta.

Sofrer até quase alcançar o paraíso, só para perdê-lo. O Brasil não era o que meu pai sonhou, Bačka Palanka não voltaria mais, a Lili não era a mulher que ele imaginava. Eu não iria mais para o kibutz, já tinha levado muitos pés na bunda, eu mesma não era o que esperava ser. Alternar paraísos e decepções, para cada paraíso que se perde surge outro mais difícil ainda. Sonhar, se esborrachar e, na noite seguinte, repetir o sonho. Desde sempre a humanidade quer alcançar o Éden — cada civilização tem o seu — e para sempre ela o arruína. E com o Peter no Riviera, como seria? Não que eu nunca tivesse escutado a palavra "inconsciente", mas para Jung o conceito estava em tudo e tudo estava dentro dele. E nessa semana de leitura frenética o inconsciente se tornou a explicação de tudo: dos meus sonhos, da esquisitice, dos sonhos da minha mãe e de seu otimismo e do pessimismo do meu pai.

Era de meter medo, só monstros moravam nesse fundo de poço: "Quando reprimidos, os conteúdos inconscientes da mente podem irromper de maneira destrutiva sob a forma de emoções negativas — como na Segunda Grande Guerra". "Reprimidos", "conteúdos inconscientes", "irromper de maneira destrutiva", palavras que pegaram fogo nesses dias antes de eu encontrar o Peter no Renascença, formado no colegial, que me escreveu um bilhete insinuando sexo e com quem eu iria ao Riviera. O que escolher no cardápio, eu não podia beber cerveja, então iria pedir o quê, uma limonada? Para onde ele iria me levar depois? Eu não tinha dado para o Ricardo nem para o Saulo, mas como iria dizer não ao Peter, que tinha lido Jung e ainda discordado? "Freud" era só um nome, se o Peter quisesse discutir eu não teria o que dizer; o que eu sabia era que dona Lili e dona Czarna tinham sonhos ancestrais e "arquetípicos".

Deus, tanto para o livro como para mim, era um problema. Acredito ou não acredito? Queria ser ateia como os materialistas do Ichud, mas não conseguia. Ainda acreditava no Deus barbudo, mas não na Sua Onipotência. Toda noite eu dizia palavras mágicas misturadas a rezas da Torá, repetia três versos por nove vezes e,

02.10 — ano já terminando.
Mãe bem mal. Eu triste e
converso com a Paula durante o dia sobre a possibilidade,
negada, de abreviar a vida
dela.

Sonhei que cheguei na casa
dela e ela chegou depois de
mim, linda, jovem e sau-
dável, como numa foto
bem antiga em que ela
está recostada numa ma-
reda, tomando sorvete (que
ela gosta tanto) e eu também estou na foto.
Ela chegou animada e disse
que vinha da igreja de Santa
Catarina, onde tinha ido se
aconselhar com o padre,
para que ele a ajudasse a
melhorar. Ela disse que ela
já estava definitivamente

durante o dia, eu me proibia: não podia falar alguma palavra, não tocava em nada azul ou rosa ou branco, não bebia suco ou não comia chocolate, superstições aleatórias e tirânicas. Se eu desobedecesse, aconteceriam desastres. Assim como eu já tinha me declarado rainha do mar em Santos, eu também determinava os destinos. Se minha mãe ficasse doente ou se um namorado terminasse comigo, era porque eu tinha desobedecido uma ordem inventada.

O Peter já deve ter transado com um monte de meninas e eu sou virgem. Do Riviera, para onde ele vai querer ir depois? Não sei falar de Jung, muito menos de Freud e não sei transar. Nem beijar eu sei. Estou indo de uma vez por todas para o mundo dos goim e transar com catorze anos é gói. O Renascença e o Ichud acabaram, não quero mais Saulo nem Marx nem Claudinhas de Higienópolis. Sexo, sexo, sexo. Minha mãe nem fala essa palavra, ela diz "conhecer" alguém e "dormir junto". Dormir junto é *não* fazer sexo. O que ela quer dizer é que sexo, só casada. A virgindade, para o seu Aron, é como o caju coberto de chocolate da Kopenhagen: caro, raro, só para poucos, e precisa ficar escondido para ninguém pegar. Parece que é ele que guarda a chave para só me dar depois do casamento. Mesmo assim, se eu transar, vou me sentir culpada, não sei se é isso que quero agora nem faço ideia do que eu quero. O Peter, quem é? Não tem a menor importância. Peter, tenho medo do teu pau, da minha vagina, do teu cheiro de homem e de quem sabe mais do que eu. *O homem e seus símbolos* era uma farsa, eu só estava folheando e agora aprendi que inconsciente é tudo que se reprime. Se você soubesse tudo que tem reprimido aqui dentro, não me convidava para ir ao Riviera. Vou te dizer. Eu queria fugir da Segunda Guerra, fugir de Auschwitz e entrar para a resistência polonesa, lutando nas montanhas até matar um nazista. Mas o que eu queria mesmo era que Auschwitz fugisse de mim e me largasse de volta em 1976. Meus pais já estão aqui no Brasil, mas eu fiquei lá na Europa, para onde nunca fui. Meu sexo é judaico, transar comigo vai ser como transar com uma violoncelista húngara num quarto sem aquecimento em pleno inverno, que corre o risco de ser morta a qualquer momento. Você me acaricia enquanto eu toco o violoncelo e transamos os três, você, o violoncelo e eu. Ou vai ser como transar com a prostituta judia mais assanhada de um bordel do interior da Romênia no século XVIII ou com uma religiosa tímida que descobre um vulcão dentro de si. Não aguento nem a palavra "transar". Não quero transar, quero foder e ser fodida até o inconsciente.

O Peter e eu já tínhamos dançado juntos no baile da Sara, e ele me abraçou bem forte. Mas o toque das nossas mãos na barra de apoio do ônibus que subia a Consolação foi quase como perder a virgindade. Eu suava e me imaginava como um daqueles lustres das lojas e mais lojas de lâmpadas e luminárias que víamos através da janela. Iluminada demais, se tropeçasse eu me espatifava de tanto vidro. Catorze anos era muito pouco para ir ao Riviera com o Peter e discutir Freud e Jung, as duas mãos se encostando já eram nós dois fodendo num motel em ruínas da Dutra. Seria o fim de uma vida, o antes e o depois do Motel Miami com ele. O fim da família e do ideal judaico, o fim do meu pé de laranja lima e o começo do homem e seus símbolos. Viver o inconsciente na própria vida, preencher a realidade de loucura e sonho e foder o Peter. E depois viria o quê? Eu levaria uma vida escondida, com medo de ser denunciada e malfalada. Se alguém do Ichud — como o Saulo — soubesse, eu seria a traidora do socialismo que se preocupava mais com aventuras e comigo mesma do que com o grupo. A ética judaica e a socialista eram parecidas: juramento de fidelidade e amor a um líder único, representado por vários pequenos líderes que exigiam obediência religiosa. Para cada pecado, uma punição correspondente. O principal comando era viver em nome da comunidade e do partido, ou de Deus. Nessa escala, que punição me caberia por namorar e foder muito com catorze anos? Pessoas como ele eram o próprio inconsciente, a parte mais louca do Bom Retiro, a mais maldita, onde uns desbundados viviam mergulhados em paganismos, sem faculdade ou emprego, sem judaísmo, sem Deus, mas com sexo, drogas, discos e livros. Namorar o Peter seria partir num navio pirata, não tinha volta. Talvez meu pai se matasse. Já não bastava minha culpa com a Stela, com a Jany, com a Suely? Agora eu precisaria carregar também a morte do meu pai?

Na ponta final da avenida Consolação, uns trinta metros além do ponto de ônibus, o Riviera. Não era o bar que eu imaginava, parecia um restaurante, com as mesmas mesinhas de toalha branca, cadeiras simples, garçons circulando e um cardápio. Ninguém ali tinha catorze anos nem dezessete. Eu queria cadeiras num balcão e gente discutindo em voz alta ou cantando MPB, não aquele ambiente de cantina do Bom Retiro. Mesmo assim, era o Riviera, e o Gigio tocava violão lá. O Peter tinha um rosto meio carinhoso, meio irônico. Quem seria essa garota que lia Jung, que parecia ingênua, abobada, precoce e, ao mesmo tempo, um vulcão adormecido com o nome estranho de Noemi? Ela pode ser uma chata que só quer falar de coisas profundas e livros ou uma doida enrustida, que vai querer fazer coisas que eu não quero. Nem tem dinheiro. Ela não é rica, mas seus hábitos são burgueses. É uma judia típica, filha de pais sobreviventes, sempre com medo de ser uma traidora. O que será que ela vai escolher no cardápio? Vai saber pedir uma cerveja, vai ter coragem de me perguntar, vai querer que eu pague? É, ela não deve mesmo ter dinheiro. Esses peitos durinhos, as bochechas saltadas, ela ficou doida no ônibus, mas será que deve perder a virgindade comigo? E será que eu consigo cuidar disso depois?

Meu Deus, ela pediu um suco de laranja, não vai dar para ficar com essa pirralha.

Depois desse dia, nunca mais vi o Peter, só décadas depois, numa fila de cinema. Ele me reconheceu. Demorei, mas também o reconheci.

Criatividade

"Dona Noemi, a aula já começou, a senhora quer fazer o favor de prestar atenção?"

Prestar atenção no quê, se eu estava abrindo o livro *Criatividade* pela primeira vez e só podia prestar atenção nele?

Páginas e mais páginas vazias, muitas só com o enunciado no topo: "Fluência e desinibição do ato de escrever. Escreva o que você quiser, use esse espaço para sua imaginação".

A escola estava ensinando oficialmente o que eu mais gostava de fazer e ainda me daria uma nota por isso por quatro anos seguidos. O *Criatividade* era como o Henrique, o outro lado daquele colégio de meninas loiras e blusinhas apertadas, meinhas bordadas, notas 9,5 e primeira fileira sem passar cola, meninos baixinhos, burrinhos e cê-dê-efes que me apelidavam de noe*mija*ffe, de "não é minha", de dada e de esquisita. O livro, não. No *Criatividade*, a esquisitice se transformava em matéria de aula, e escrever era uma coisa que só os esquisitos faziam. Companheiro de vingança, o livro me ajudou a avançar muitas casas na escala social do Renascença.

* * *

No final da oitava série, minha mãe considerou o lixo como o melhor lugar para os meus quatro livros da coleção Criatividade. Dali em diante eu começaria uma vida nova, ela disse. Faz alguns anos comprei a coleção em um sebo. Não sei se preencho as páginas com a idade que tenho ou se imito a menina. Para ter onze anos de novo, fecho os olhos e vejo a Benigna acabando de lavar a louça. No quintal há uma gaiola com os dois canarinhos amarelos da Jany. Visto uma blusa branca de gola alta e uma calça de brim mole, azul-clara. Nunca entendi para onde vão as coisas que passam, para onde foi a blusa branca. Como é possível eu estar com uma camiseta marrom e ela, com a blusa branca, também estar aqui e agora? Esta camiseta marrom também já estava lá na cozinha da rua Bandeirantes?

Posso preencher as páginas do *Criatividade* como alguém de onze ou de sessenta anos.

Só para "esquentar" e iniciar o livro, escreva palavras, frases que estiver pensando. Livremente:

Já transei com sessenta pessoas. Nunca transei. Na verdade, transei só com nove. Acho transar meio nojento, não sei se vou querer transar algum dia. O Ambrósio disse que meus peitos parecem uma segunda barriga. O Ambrósio já morreu faz tempo, foi atropelado por um trator. O Piu-Piu também morreu, o Gerson e a *morá* Miriam. O Abel, o Oscar, o Celso, o Joel, o Paulinho são empresários bolsonaristas. A Fanny, a Débora, a Flavia e a Sara são madames que comemoram o aniversário dos netinhos e fazem plásticas no rosto. Eu sou uma velha preconceituosa. Meus pais são uns covardes preconceituosos. Os dois morreram e hoje sou uma órfã inconformada que só sabe escrever sobre eles. Auschwitz nunca me abandona. Ser de esquerda e judia, agora, é um sacrifício. O pior líder do mundo se acha herdeiro do rei David e pensa que vai trazer o Messias se exterminar o inimigo, como num video game bíblico. É um saco ser judia e ficar presa no Bom Retiro, quero sair daqui. A Stela vai casar com um gói, graças a Deus. Não sei escrever como uma menina de onze anos. Nem como uma velha de 62, 72, 82. Até onde vou chegar nesse jogo de empurra-empurra, sempre mais para a frente, de manhã já prevendo o jantar, dando graças a deus quando as coisas terminam, tudo começa e termina, começa e termina, até que se fecham as cortinas e aparece o letreiro: *The end*.

Você recebeu uma carta que lhe trouxe uma notícia inespera-
da. Agora, você vai respondê-la. Escreva esta carta-resposta onde, é
claro, o remetente da primeira carta vira destinatário.

Noemi

No meio de uns papéis velhos, encontrei hoje uma carta escrita por você com catorze anos. Não vou repetir as tuas palavras.
O tom geral é eufórico. Claro, você estava escrevendo para si mesma aos sessenta anos, com perguntas infinitas sobre como você
seria e o que, da adolescente, teria restado na Noemi velha: a verruga na orelha esquerda, as pintas em forma de ursinho no braço,
se eu ainda seria canhota, se continuaria gostando de Chico Buarque, se seria judia, se teria participado de uma revolução socialista, quantos namorados, maridos, filhas e filhos, se ainda teria
alguma amiga da sua época, se lembraria de você, se nosso pai e
nossa mãe ainda existiriam, se eu mesma, estaria viva... Essas per-

guntas são a sua cara, Noemi. Mas devo te dizer que não me convenceram. Tem alguma coisa escondida no fundo delas.

Uma única pergunta, talvez a mesma de alguns anos antes: Noemi, você fez? Já ouvi você me perguntar isso no hospital, quando você tinha seis anos e quebrei o cotovelo na pandemia. Agora, com 62, sei que você queria que eu te respondesse: sim, Noemi, eu fiz tudo certo. Todos os dias você me pergunta se fui a mais justa, a melhor cozinheira, a melhor escritora, a melhor amiga, a melhor filha, a melhor mãe, a melhor amiga, a melhor irmã, a melhor mulher, a melhor professora. Não fez nada de errado? Muito bem!, você diz e eu vivo para te deixar feliz. Mas pode ser o contrário. Você queria tudo errado e eu é que fico te consertando: não é assim, Noemi, não aja como se tivesse catorze anos, você tem sessenta! Não seja tão desorganizada, desajeitada, exagerada, dramática, ingênua, falsa, possessiva, louca, isso não cabe mais para uma mãe e escritora séria. Tenho, sim, a verruga, as pintas, gosto do Chico, não fiz a revolução, tenho amigos da tua época e sou judia. Você lembra do encontro com o Peter no Riviera e do Ricardo querendo te comer na barraca do autódromo? Talvez eu me lembre de coisas que você não lembra. Às vezes te vejo tomando o metrô até a estação São Joaquim ou no ônibus fingindo ser a Sarah Miles. Você andava com aquela roupa de monge franciscano, papai brigava e você dava uma banana para ele. Dormia até as duas da tarde, sumia e não dizia onde tinha passado a noite. Noemi, não fiz não, não consegui. Não que eu já esteja muito velha, mas é que a disposição diminui. Tudo cansa. Eu fiz, mas não como você queria. E foi você que fez, na verdade. Pode ser que eu esteja é desfazendo. Sei que você foi embora do hospital por isso, porque já sabia que não daria para eu fazer tudo certo.

Por outro lado, fiz, sim. Estou aqui, não estou? Respondendo tua carta e estou bem, Nôemi, como o papai diria.

Vamos imaginar que você é um escritor da televisão brasileira (quem sabe se isto não acontecerá um dia?). Como escritor criativo você não suporta mais as novelas sempre iguais. Então imagina uma estória que pretende transformar mais tarde em novela. Essa primeira imaginação não é muito exigente, consta apenas de uma estória que depois será melhor desenvolvida. Você escreve essa primeira visão da estória, isto é, faz um argumento, contando o que acontece de principal. Vamos tentar?

Havia uma cidade chamada Bačka Palanka:

Bačka Palanka
é o nome de uma mulher
eu te amo, Bačka Palanka
é nossa tataravó, Bačka Palanka

vamos dançar bačka palanka?
em bačka palanka judeus e cristãos jogam futebol no campinho
no shabat as mães chamam os filhos: vem rezar e comer,
                                        [menino!
de dia todos vão à escola em Bačka Palanka
à tarde os judeus vão ao cheder
o rabino é bravo em Bačka Palanka
e os meninos não gostam dele
fazem piadas
em Bačka Palanka
sagas, epopeias, bačkas palankas,
me dê um bačka, menina bonita, já que você não pode me dar
                                        [uma bačka palanka

em Bačka Palanka nascem meninos
que vão para um lugar distante
depois de comer o pão que o diabo amassou
como será esse país distante, perguntam os meninos de Bačka
                                        [Palanka
vai ser muito bom, vou ficar feliz, pensam os meninos de Bačka
                                        [Palanka

depois de anos no país distante
um homem pensa: sou feliz
mas nunca como
em Bačka Palanka.

Um sobrevivente da Segunda Guerra, iugoslavo, volta para sua cidadezinha, Bačka Palanka. Da sua família, só sobraram ele e a mãe. O pai desapareceu e o irmão morreu afogado. Sua casa foi destruída: uns poucos objetos jogados no chão, panelas, castiçais e potes. Eles venderam os restos da casa na praça, sua mãe cozinhava para os poucos judeus da aldeia e para os ciganos. Logo iriam embora dali e viajariam para um país distante, em outro hemisfério, onde moravam seus tios, os oito irmãos da sua mãe.

Uma cigana escondida seguia o moço a todos os lugares, a Bačka Palanka, Senta, Budapeste, Áustria, Polônia, Itália, Uruguai e ao país distante. O nome dela era Cassia Dolores. Desde que voltou da guerra com sua mãe, o sobrevivente nunca mais foi o mesmo. A malandragem e a inocência de antes desapareceram e agora ele era apaixonado, ambicioso e para sempre seguido pela cigana Cassia Dolores.

Cassia Dolores estava no fundo dos olhos da mãe do rapaz, a de nome estranho, Vzarna. Judia por acaso, mas no fundo uma cigana que nunca soube sair da rua nem permanecer no mesmo lugar. Seu lugar eram as feiras, onde coletava retalhos, junto das outras mulheres, estudava a língua sagrada e rezava como um homem, além de misturar as orações com as superstições mais esquisitas.

A cigana também estava na mulher com quem ele casou e que finalmente conquistou, Lililili, aquela que o achou feio. Essa mulher tinha sonhos proféticos e sabia o significado deles. Dizia frases sábias, mas não se interessava muito pela realidade. Só gerou filhas mulheres. Para ela, quanto mais soltas as filhas no mundo, melhor.

E a cigana estava dentro dele. Ele sabia os truques dos negócios, conhecia a História e sabia ganhar dinheiro. Mas era também um apaixonado, sonhando com contos de fadas. Queria ser um patriarca e ter filhos homens, uma mulher que o adorasse e por quem ele desse a vida.

Um dia passou um *shamash* de uma sinagoga da cidade vizinha, Senta, chamando dez judeus da região. Um judeu tinha morrido em Senta e era preciso formar o *minian*. Durante a reza, o moço, narigudo e orelhudo, pouco cabelo, magro, reparou em quatro garotas bonitas, uma ao lado da outra, bem-vestidas e sorridentes.

Uma delas sobressaiu, a do sorriso mais largo, Lililili. Justo a Lili-lili, que tinha acabado de comentar com as três primas, sobreviventes de um campo de extermínio como ela, que nunca tinha visto homem mais feio e coitada da mulher que se casasse com ele. Mas o moço se apaixonou por ela e garantiu a si mesmo que era com ela que se casaria. Era um homem determinado. Aconteceu que a moça havia perdido todos os seus parentes: os pais morreram num campo de extermínio e o irmão tinha partido para outro país depois de roubar todos os documentos dela e os dado a uma namorada de catorze anos, americana. Lililili estava perdida, sem dinheiro, com apenas mil dólares pela venda de sua casa. O moço fez de tudo para agradar, acompanhar e ajudar a moça. Ele tinha parentes num país distante, poderia encontrar documentos para ela, ele a amava, nunca tinha visto pessoa mais doce e inocente, prendada, honesta e carinhosa. "Ai Lili, ai Lili, ai Lou", ela cantava. Eles andavam de bicicleta, o moço tinha uma conversa boa, era inteligente e ambicioso, Lililili o achou interessante, mas não para casar, e pagou um coiote para levá-la até Budapeste. Como sinal de gratidão, deu ao rapaz feio seu diário, preenchido na Suécia, onde ela morou por seis meses depois de ter sido salva. Nesse diário contava toda a sua história, desde a prisão até a libertação. As páginas em branco que sobraram, o moço preencheu com linhas e linhas de cartas apaixonadas. Não suportando mais a falta dela, ele foi para Budapeste e morou lá por um ano, seduzindo-a, até convencê-la a se casar com ele e viajar para o país distante. Lá ela faria o que quisesse. Ficaria, ou iria embora para os Estados Unidos.

A sequência das ações geralmente cria obstáculos para serem resolvidos pelos personagens. Estórias de amor, de aventura, de honra envolvem problemas que procuram soluções. Isto é assim em estórias dos livros, dos quadrinhos, do cinema, do teatro, da televisão. É claro que cada autor, como você, por exemplo, tem um modo de ver as coisas. Isso ajuda a fazer estórias diferentes, individuais, de acordo com esse modo de ver as coisas de cada autor. Por exemplo, uma estória que envolve uma luta (física, intelectual ou moral): na sua classe cada um fará essa luta de modo pessoal. E do modo "pessoal" dos personagens. Na sua redação, invente uma estória onde o personagem tenha opiniões diferentes das suas.

Hannah não existe e tem a minha idade. Estuda no Renascença e também é loira de cabelo liso e comprido. Ela é uma aluna média: não vai bem, mas nunca fica de recuperação, sempre passa raspando, mas passa. Cola meio mal, às vezes os professores des-

cobrem, porém sempre acabam perdoando, porque não vale a pena brigar com a Hannah.

A Hannah é bonita, quase linda, com os olhos azul-turquesa,
dentro deles dá para ver o mar.

Ela acredita no Deus dos judeus acima de tudo. Do mesmo
jeito como minha mãe acredita no destino, a Hannah pensa que
não dá para lutar contra a natureza que cada pessoa tem, o espírito de Deus. Se ela não é tão boa aluna, isso é a vontade de Deus e
ela não vai nem tentar melhorar, vai fazer o que pode.

E o Holocausto, Hannah?

Foi outro dilúvio, ela diz.

Outra Sodoma e Gomorra?

Sim, isso mesmo.

Outra Torre de Babel, outra Inquisição, outra expulsão de Canaã para a Babilônia, outro pogrom, todos os antissemitismos da
história? Tudo Deus?

É, tudo Ele.

Mas e aí, numa boa e tchau?

Ela nem se preocupa com os motivos de tanta destruição. O
judaísmo é a religião do futuro, diz. Preservar o passado pensando
no futuro.

Hannah ri de mim, da minha desconfiança de Deus, da escola, das matérias e de ter brigado com a *morá* Miriam. Também ri
da minha culpa.

Para quê, ela diz. E sabe que nada vai me mudar, porque eu
sou assim.

A pergunta "Será que Hannah é feliz?" é uma pergunta sem
sentido para ela. Ser e acreditar são a mesma coisa e, se ela acredita, é sempre feliz.

Hannah não é como os ortodoxos fantasiados de arrogância.
Ela não precisa de nada disso porque é modesta.

Nós nunca brigamos e já fui na casa dela, com os pais iguais a ela e a comida também. Ela me emprestou o livro *Capitães da Areia* e disse que vou gostar.

Lê, ela disse, é a tua cara.

Hannah não existe e hoje ela me mostrou o o.b. dela.

McCartney

Lili tem dezenove anos e está em Malmö, na Suécia. A quarentena terminou. Durante os quarenta dias de desinfecção, ela tomou dois cafés da manhã, almoçou e jantou duas vezes, todos os dias, até começar a se preocupar com o peso. Chegou à Suécia com 38 quilos. Os moradores da cidade, iugoslavos e húngaros, judeus

e goim, trazem comida, chocolates, vestidos, sapatos, roupa de cama, livros, panos e material de costura, e Lili ganhou um caderno de capa de couro com uma caneta-tinteiro. Nessa fotografia, ela já é costureira numa fábrica de roupas militares. Trabalha com suas primas, as mesmas com quem sobreviveu a Auschwitz, primas-irmãs que a salvaram, conseguindo que ela trabalhasse na cozinha, e, em troca, pediram que ela se entregasse aos nazistas. Lili perdeu o pai e a mãe, mas sobreviveu com saúde. Quem sabe seu irmão também não tenha sobrevivido, ela precisa descobrir. Dizem que o melhor país para morar, nesse momento, são os Estados Unidos. O governo sueco lhe ofereceu casa, trabalho, saúde e dinheiro, mas Lili vai recusar. Precisa voltar a Senta. Ela é linda, e sua inocência é simples como um pássaro, bicho que ela mais ama. Se os pais morreram, se foi torturada, mas está viva e bem, ela só agradece. Tinha que ser assim. Lili acredita. No tempo, em Deus, no Destino, no governo americano, nos bons alemães, até em bons nazistas. E acredita no futuro. Agora, ela pensa, as religiões acabaram e o mundo percebeu que elas são as culpadas por todos os males. A Alemanha foi derrotada e o futuro será livre. Os homens a paqueram, ela trabalha numa fábrica e vai nadar no lago com os soldados americanos. Faltam nove dias para o seu aniversário de vinte anos. O que pode piorar dali para a frente? Nada. Tudo será bom. O mundo deve ser inteirinho como a Suécia, onde as pessoas pegam o jornal na rua, deixam o dinheiro e ninguém rouba. "Você anda de ônibus de graça, tudo limpo, organizado e gente muito educada. Nos receberam como rainhas. Depois de passar tudo que passamos, não posso esquecer, *ashkezém*, parecia milagre as camas de lençóis branquinhos, travesseiro fofo, muito cobertor para cada uma. Apartamento tudo moderno, com cama que levantava, assim e entrava na parede. Mesa também. Geladeira, máquina de lavar, fogão, nunca tinha visto coisas tão bonitas. Tinha até namorado lá, não era judeu. Podia ter ficado em Suécia, mas precisava ver se titio estava vivo. E, se tivesse ficado lá, não te contava esta história e você, Nô, não existia. Eu escrevi diário naquele caderno, para um dia você ler comigo."

Lili sabe exatamente o que quer: voltar para Senta, reencontrar o irmão, vender a casa e ir com ele para os Estados Unidos. Ela vai trabalhar como costureira em alguma fábrica e, quem sabe, reencontre Yuro, sua paixão. Nessa foto, a moça não sabe de nada e só alguns conhecem o futuro dela. Lili voltará para Senta, reencontrará o irmão, mas ele a trairá e a proibirá de se casar com um gói. Ela irá para o Brasil, casada com um tal de Aron Jaffe, moço bom e honesto que se apaixonou perdidamente por ela. Contará essa história para sua filha mais nova, a terceira nascida no novo país, e lhe mostrará o caderno preenchido em Malmö. Dona Lili continuará acreditando. Perdoará o irmão e as primas e, depois de dez anos num país novo, com uma família nova e duas filhas, irá a Detroit, nos Estados Unidos, onde mora o que restou da *sua* família.

Quando a filha mais nova ouvir a história da viagem do reencontro da mãe com o irmão, tantos anos depois da guerra, os dois com filhas mulheres da mesma idade, ele já rico e ela tentando, a mãe imprimirá na filha um carimbo. Um dia, num futuro distante, a filha se lembrará dessa viagem como se ela mesma a tivesse feito e não a mãe. Como se as aeromoças de tailleur, o cardápio do avião com três opções de comida, o tailleur que você mesma costurou porque não tinha dinheiro para comprar um, a baldeação em Caracas, onde você comeu num restaurante com balcão giratório, as esteiras deslizantes — ela dizia "escada rolante deitada" —, como se todas essas imagens passassem numa tela no fundo dos olhos da Lili e a menina assistisse a esse filme por noites e dias e tardes e manhãs nos cinquenta anos seguintes. Como se a memória de uma tivesse sido transferida para a outra através de um tubo soprado na orelha. As lembranças da mãe se encontrarão com as dela, e pronto. Nenhum laboratório faria tão bem esse transplante de histórias.

No aeroporto de Detroit, dona Lili — já uma senhora — se perde. Em inglês, só sabe falar "*I not speak English*", "*My brother*", "*Brazil*" e, se fica nervosa, perde as palavras. Depois de ter escrito seu diário, Lili nunca mais escreveu, não conseguia passar de cinco linhas em uma carta. "Que tem para falar?", dizia. "Todos com saúde, trabalhando muito, respeita shabat, uma filha viaja, outra entra em faculdade, tudo normal, graças a Deus." A filha escrevia as cartas para a mãe e inventava novidades.

Já desesperada, Lili escuta nos alto-falantes do aeroporto: "*Lili Jaffe, Lili Jaffe, your brother is waiting for you at the American Airlines counter, your brother Nickie Stern, Lili Jaffe, Lili Stern*". "E se ele for embora, como vou fazer, não sei voltar, não tenho dinheiro", ela pensa e começa a chorar, até que uma senhora aparece. Outra sobrevivente, judia e moradora de Detroit há muitos anos, dona Fanny conduz Lili pelos corredores até o balcão da empresa, onde ela avista o irmão, Nickie Stern, andando para lá e para cá. Ela corre na direção dele, como nos filmes italianos com a Anna Magnani, e o abraça forte, tão sorridente como na foto em Malmö. Ele sorri da mesma forma, os dois se parecem, cara de um, focinho do outro, e têm a mesma inocência. Nickie ficou rico, tem uma loja de móveis e uma casa de três andares. Detroit é uma cidade moderna como Nova York, "tudo tecnologia, cartão para compras, máquinas de revista, de cigarro, de refrigerante, mulheres trabalham e dirigem, não tem empregada doméstica, cada um arruma suas coisas e casa fica sempre limpa". "Para que cultivar raiva de irmão?", Lili perguntava e respondia: "Não quero sofrer duas vezes, uma é suficiente".

Um tio americano rico, três primas americanas, ele mora na cidade mais rica dos Estados Unidos e fala inglês. A Jany escuta Beatles e Rolling Stones, Sgt. Peppers é uma banda de corações solitários, o Jimmy Hendrix pisa na guitarra, a Janis Joplin morreu de overdose, a Eleanor Rigby cerze as meias do padre Mackenzie, tudo em inglês. Charles Chaplin, *Jeannie é um gênio*, *Jornada nas estrelas*, *O túnel do tempo*, tudo em inglês. A mãe prefere filme dublado, a menina gosta com legendas, para ouvir o inglês. O *Manual do escoteiro mirim* e o *Manual do professor Pardal* foram traduzidos do inglês. Na escola, a professora de inglês pede que os alunos leiam *The Mystery of Cabin Island* e *The Mystery of the Caves*. Quem fala inglês é rico, moderno, compra o almoço em máquinas automáticas e tem uma casa com móveis flexíveis. A Jany fez intercâmbio e saiu nos livros da *high school*, praticamente se tornou um membro da família que a recebeu. No discurso de despedida, em vez de dizer *"I'll never forget you"*, ela disse *"I'll never forgive you"* e todos caíram na gargalhada. A menina suspirou aliviada, eles entenderam o erro da irmã. Ela também iria para lá, iria conhecer Nova York com os pais e iria na Disney com a mãe, que só teria dinheiro para comprar um guarda-chuva da Minnie. Também faria intercâmbio, só que em Benton, Illinois, e sua única amiga seria a irmã do então ator amador John Malkovich. O resto se revelaria um desastre completo, ela seria uma outsider na cidadezinha. Mas falaria inglês, pelo menos isso teria do país do seu tio.

Dos presentes que tio Nickie trouxe dos Estados Unidos, quinze anos depois do reencontro com Lili, o preferido da filha caçula foi o aparelho de som com o cartucho do Paul McCartney. Ela tinha ganhado uma boneca que andava de bicicleta, a Tippy, mas já não ligava para o brinquedo. O Paul McCartney era o culpado pelo rompimento dos Beatles, a Jany explicava. Ele não suportou a namorada nova do John e os dois brigaram. O Paul era possessivo e careta e eu podia ficar com o cartucho para mim, se quisesse. O aparelho, ela me deixaria usar de vez em quando. Na festa do meu aniversário, por exemplo.

O disco solo do McCartney, num aparelho inexistente no

Brasil, um tocador de cartucho só meu. Ter esse cartucho não era como ter um disco do Chico Buarque, era alguns degraus acima. Eu me tornaria adulta da noite para o dia só por guardar aquele cartucho na minha prateleira. Teria um objeto que ninguém na escola jamais tinha visto, um toca-cartucho dois-em-um, com o disco novo do culpado pelo rompimento dos Beatles. Meus problemas acabaram, devo ter pensado. Iria me vingar das peruas daquele tempo, dos cê-dê-efes que não passavam cola e dos meninos que me xingavam. Devo ter me sentido como o Paul nesse disco: solitária, apaixonada e ressentida. O disco era a vingança do Paul, como quem diz "Olha o que eu faço sozinho". Aquelas músicas seriam a *minha* vingança, olha o que *eu* tenho, e sei as músicas de cor, em inglês. Agora eu seria do clube da Jany e comecei a roubar algumas roupas das prateleiras dela. Ela tinha um namorado lindo, um carro e estudava na faculdade, era como se fosse um dos Beatles.

Na música "Junk", o Paul listava objetos soltos jogados no lixo: motores, maçanetas, bicicletas, botas, *sleeping bags*, velas, tijolos e um mundo que deu errado. Compre, diz o anúncio, e o lixo responde: para quê? *"Buy, buy, said the words in the sign"*, *"Why, why said the junk in the yard"*. Em "Teddy Boy", o garoto só faz obedecer a mãe, mas um dia ela se casa e ele foge de tanto ciúme. Até a velhice só conseguirá pensar nela. Chico Buarque, Arik Einstein e Paul McCartney poderiam ser um trio de cantores de protesto, cada um numa língua diferente. Agora meu estoque tinha mais músicas, um ás na manga, artistas que autorizavam a rebeldia. A sociedade era um lixo, só pedaços de coisas sem sentido, sobras das fugas, das guerras, dos sapatos dos meus avós, das sobras de tecido da fábrica dos meus pais e dos papeizinhos espalhados na rua Três Rios, em 1970, elogiando o presidente Médici e a Seleção Canarinho pela conquista da Copa do México. A obediência levava à dependência dos pais e eu não seria como o Teddy Boy, saberia dizer não.

No baile do meu aniversário, o primeiro, coloquei o aparelho de som com os cartuchos no centro da sala, numa mesa separada. Só eu podia mexer. Sanduíches de atum e tomate no pão Pullman, brigadeiros e bolo de chocolate numa mesa lateral e o resto do pouco espaço ficou para dançar e deixar o Henrique passar a mão na minha bunda. Queria mesmo era ser malfalada por indecência e ser indigna da amizade das certinhas. Eu não seria certinha, disso eu tinha certeza. Seria criativa e louca. Dane-se, os artistas eram assim mesmo. Que rompessem comigo como o Paul e o John romperam. Eu faria melhor.

"Baby, I'm amazed at the way I love you", o Paul não entendia como podia amar tanto a Linda e precisar tanto dela. Ela o tinha retirado do tempo, ele, que não aceitava a separação do John. Linda apareceu justamente quando Paul precisava, e ele tinha medo daquele amor. Ela era a única mulher que poderia ajudá-lo a superar a perda do parceiro. Quem não queria ser a Linda e ser tão amado a ponto de ficar assombrado de amor, como o Paul? Como seria o futuro quando eu atingisse a idade de ter um aparelho dois--em-um?

O futuro. Não o distante, mas o próximo da fila, ser adolescente e entrar numa faculdade. Da estação Tiradentes para lá, sentido Jabaquara, ficava o mundo. Depois da galeria da rua Júlio Conceição, nos lugares para onde iam os ônibus da José Paulino, depois ainda da rua Direita, território do meu pai, quase Bom Retiro. Meu futuro estava lá, na avenida Paulista, na rua Augusta e na Bela Vista, onde ficava uma escola de esquerda e estudavam alunos goim, judeus, negros, ricos e pobres e onde eu estudaria teatro. Seria atriz como a Dina Sfat ou a Betty Faria, embora eu quisesse mesmo era ter o corpo da Rachel Welch, que eu perseguia nas revistas e na TV. No armário, eu guardava um palco feito de papelão e, quando todos saíam, estendia-o no carpete, subia nele e apresentava um programa de calouros, misturando Flávio Cavalcanti, Silvio Santos e Chacrinha. Eu era a apresentadora, a caloura, a jurada e a audiência. À noite, escondida no corredor, ouvia o *Jornal Nacional* e repetia tudo um segundo depois. Um ranço de caretice engolia o Bom Retiro, o Renascença, minha casa e o Ichud. Ortodoxos caminhando pelas ruas, suas filhas de meia-calça e vestido comprido até as canelas mesmo no verão, pais passando reto por nós, como se fôssemos judeus de terceira categoria. Na esquina da rua da Graça com a Ribeiro de Lima, homens discutiam *geshefts*, o bar mitzvah dos filhos e o casamento das filhas, que aconteciam em festas enormes no Buffet França. Minha mãe frequentava as Pioneiras e coletava dinheiro para Israel, ia ao cabeleireiro todo sábado à tarde e meu pai ficava olhando a rua enquanto vendia saias de cinco cruzeiros. No Ichud, o socialismo lembrava o Exército e eu não aguentava mais um *mifkad* em que ficávamos em posição de sentido para ouvir o líder falar: "*Há mifkad iavó le dom, amot dom*", e imediatamente nos tornávamos soldados israelenses de uniforme, prontos para... o quê? O Saulo me largou com uma conversa mole e me trocou pela Natasha. Eu detestava esportes, e a saúde atlética era obrigatória para o socialismo do kibutz, recusar um jogo era uma traição à causa. Me sentia gorda, tinha vergonha de ficar de shortinho colado e camiseta apertada. No vôlei, esporte preferido do Saulo, nem manchete eu sabia dar, meu toque na bola era pesado e o Saulo gritava porra, Noemi, nem pegar na bola você sabe. Hippie ou engajada, talvez as duas coisas, eu frequentaria o Riviera e não pediria mais suco de laranja. Quem sabe o Peter não fosse o meu Paul? O Ricardo, o Saulo, o Jorge, o Henrique, alguém que eu conheceria, um gói intelectual. Jamais um casamento normal, com um homem normal, numa casa normal. "Normal" seria a ruína de qualquer futuro. Ele teria que ser fora do normal e eu seria atriz psicóloga escritora refugiada de guerra perseguida política apaixonada solitária esquisita. Esquisita, viveria entre esquisitos, e os normais é que seriam rejeitados. Tchau, Marcinhas, Silvinhas, Júlios e Oscares; tchau, Ribeiro de Lima e rua Prates; tchau, supermercado O Fino, papelaria Três Rios, turquinho, Burikita; tchau, rocambole de chocolate da mercearia Europa; tchau, loja de discos da galeria; tchau Colégio Santa Inês, Ichud, Dror, Scholem; tchau, sobretudo, Renascença. Aquelas escadarias cinza, os corredores largos com salas de aula idênticas, os bedéis passando, as *morás* e os *morés* pra lá e pra cá com seus aventais brancos, penteados altos com laquê e gravatas curtas, o professor Rafael me obrigando a enumerar de cor, na frente da classe, todos os afluentes do rio Amazonas e o professor Pinheiro humilhando o Abel. Todo dia falar em voz alta e em uníssono "Bom dia, dona Sosênica!" para a professora de matemática, sem nunca entender o que era "positivo e negativo, sinal do maior e subtrair". Como eu poderia me livrar do diário da minha mãe e daquelas histórias de traição, perseguição e morte? Será que para sempre eu seria uma filha de sobreviventes, ao mesmo tempo envergonhada e orgulhosa de um passado que era não era o meu? Como seria o futuro se eu me despedisse dessa sina? Será que me perderia, morreria de culpa, me libertaria? Para isso eu precisava de alguém, de um homem que me comesse inteira fazendo as coisas mais goim, coisas que eu nem imaginava, mas sabia que existiam. O futuro seria o sexo, que eu não quis fazer com o Ricardo. Seria selvagem, com dedos do meio para policiais do Dops, camiseta do Corinthians em dia de jogo, saídas sem hora de voltar para casa e trepadas escondidas no beliche de algum acampamento perdido, beijos de língua de quarenta minutos no ônibus, aulas cabuladas e muros pulados. Escutar Beatles, mas não "I Want to Hold your Hand", e sim "Lovely Rita", gostar de Deep Purple e Frank Zappa, vestir roupas psicodélicas e minissaia, chapéu de feltro, saia indiana, bata israelense e xale húngaro, sandália franciscana, jornal *Opinião* embaixo do braço, bolsa de couro baiana com zíper quebrado, cheia de roupas das noites em que eu dormiria fora de casa sem dar satisfação, as broncas do meu pai, suas ameaças de suicídio e meu dar de ombros, riso da sua cara machista e desprezo pela submissão da minha mãe, o consumismo, a futilidade, as conversas de menininha, a *penthouse* da Geni, eu só iria querer saber de livros e sexo, de ler e trepar, eu caminhando pelo centro da cidade, procurando livros e discos raros e participando de passeatas contra o Erasmo Dias e a Polícia Militar. Eu leria Freud e saberia o que eram o ego, o id e o superego, estudaria na escola da Célia Helena, beberia vinho ruim direto do garrafão e iria à sessão de cinema no Bijou da meia-noite às duas da manhã. Depois, sentada na praça Roosevelt, eu e o meu namorado terminaríamos um cigarro e faríamos a crítica de algum filme do Bergman com legendas em russo. Ser adolescente seria passar noites em claro escrevendo poemas, me sentir solitária e profunda, ninguém me entenderia bem e eu teria uma aura misteriosa. Estar comigo seria participar de uma história desconhecida e inventada por mim, seguir um jogo cujas regras eu não contaria. Ou nem saberia. A rejeição de sempre seria só um pouco mais sofisticada, e eu cometeria gafes como expulsar uma menina de casa só porque ela era rica ou gastar dinheiro roubado da bolsa e do bolso dos meus pais. No meu primeiro beijo, numa sessão do Belas Artes, o Antônio me perguntaria se era minha primeira vez, meu beijo seria muito amador. Na primeira trepada, eu fingiria que já não era virgem, assim nunca seria desvirginada. Teria vergonha de entrar em motéis e de declarar meu amor pelo aluno mais legal da escola de esquerda onde eu estudaria. Meu futuro seria tempestuoso, perdida entre o Bom Retiro e a praça da República, o Bixiga e a Martiniano de Carvalho. Deveria existir outra categoria de futuro, que ficasse no meio, nem singular nem plural, futurol ou futurim, uma onda de memórias do que ainda não tivesse acontecido, de esperanças de passado, de fotografias que, com os anos, mudassem os retratados, mostrando uma ruga a mais no rosto de uma Maria ou um sorriso onde antes a expressão era séria.

O futuro ainda não existe, mas existe. Mais do que o presente, ocupado com o quê, onde, como e quando o futuro será. Até o passado existe em nome do futuro. E quando ele finalmente chega, a decepção é inevitável. Futuro é acordar segunda-feira de manhã, é brochar na hora agá. É ruim. O futuro só é bom mesmo imaginado. Como eu lembro, aos sessenta, do que imaginava com catorze. Talvez eu nem imaginasse nada disso e as lembranças sejam o que eu, agora, gostaria que eu mesma tivesse sonhado. Será que a menina de catorze sonhava mesmo em ser uma revolucionária comunista judia, em 1890, numa aldeia do interior da Lituânia, modista e aluna clandestina de uma ieshiva de esquerda que encontraria o seu Paul McCartney? Ou uma agricultora num kibutz no norte de Israel, morena e gostosa, feliz por ser da terra, mãe de um filho e de uma filha saudáveis, mesa farta e coletiva, paquerada pelos Paul McCartneys, depois de perder o marido em combate? Ou solista de uma banda de country rock, uma Carole King ou uma Joni Mitchell, amante clandestina do Bob Dylan, viajando num trailer chique entre Nova York e Los Angeles, com sucesso mediano em teatros cult? Ou uma escritora badalada e cool que recusa convites da Dinamarca e escreve um livro contra os prêmios, mesmo que o que ela mais queira é ser premiada porque sabe escrever de baixo para cima e de cabeça para baixo?

O futuro, o futuro mesmo, seria ou apaixonado ou fodido. Seu Paul McCartney de verdade se revelaria um cover fajuto e ela mesma nem chegaria perto de ser uma Yoko. Um dia iria, com uma amiga inventada, ao Rio de Janeiro. Com o cabelo preto e comprido até o meio das costas, roupas de brechó e um biquíni de pano, ela e a amiga catariam conchas em Copacabana e enfeitariam tiaras na praia, dormindo no final da tarde e assistindo ao Resnais no MAM com uma turma de estudantes de filosofia que se apaixonariam por ela e por ela seriam rejeitados. Nunca iria se esquecer do diário da mãe, até no sexo ou lavando louça. Seria como se o diário tivesse sido escrito não para ela, como sua mãe dizia, mas *nela*. Ela seria escrita em sérvio e traduzida para o português. Com *ashkezém* e tudo.

O jogo da amarelinha

É quando a dor começa.

A única coisa boa do ano passado foi o misto-quente com orégano da cantina do Rio Branco.

Não sei o que é o sexo, não deixei ninguém me comer. Quis

me fazer de difícil. Tive medo que depois do sexo eles não se interessassem mais por mim.

Sou forte como um touro e fraca como uma lagartixa,
as lagartixas não são fracas não,
as lagartixas são fortes como touros,
eu é que sou fraca como um touro
e forte como uma lagartixa
sempre do lado certo no lugar errado, do lado errado no lugar certo ou do lado errado do lugar errado, quero sexo sexo sexo, mas quando ele chega perto eu saio, uso a máscara da ursula andress saindo do mar de biquíni, mas na hora agá eu troco pela máscara da annie frank.

Eu tenho medo.

Estava a velha em seu lugar, veio o medo atrapalhar
o medo na velha, a velha a fiar.
estava o medo em seu lugar,
veio a raiva atrapalhar,
a raiva no medo, o medo na velha e a velha a fiar
estava a raiva em seu lugar,
veio a culpa atrapalhar,
a culpa na raiva, a raiva no medo, o medo na velha e a velha a fiar
estava a culpa em seu lugar,
veio o pecado atrapalhar,
o pecado na culpa, a culpa na raiva, a raiva no medo, o medo na velha e a velha a fiar
estava o pecado em seu lugar,
veio o desejo atrapalhar,
o desejo no pecado, o pecado na culpa, a culpa na raiva, a raiva no medo, o medo na velha e a velha a fiar

194

estava o desejo em seu lugar,

veio o medo atrapalhar,

o medo no desejo, o desejo no pecado, o pecado na culpa, a culpa na raiva, a raiva no medo, o medo na velha,

e todas as velhas a fiar o que já foi, o que não foi, o que seria e o que será.

Sou touro de tanto medo e lagartixa de tanto desejo, não sei aonde as coisas vão me levar, se eu transasse com o Saulo ele me trocaria pela Natasha no dia seguinte do mesmo jeito. Eu iria ficar comida, mas sozinha. O Ricardo mora no Rio e é surfista, ele é o menino mais lindo que eu já vi, mas não tenho o que conversar com ele. Se a gente transa, ele vai embora no dia seguinte, imagina as meninas da praia do Rio e eu, branquela que não sabe nem usar biquíni e só fala merda?

Vou sair do Ichud, esse corre-corre pega-pega esconde-esconde socialismo-socialismo kibutz-kibutz *machané-machané* saulo--saulo que agora namora a natasha-natasha refugiada-refugiada da rússia-rússia, sabe o que ele me disse antes de aparecer no dia seguinte com a natasha-natasha? Que ele não me merecia, não estava à minha altura, ele, que defende a ética-ética acima de tudo e que me deu broncas-broncas quando eu, por exemplo, aceitei passar de ano no Rio Branco, mesmo sabendo que meu pai subornou o diretor.

O Rio Branco foi o topo de uma montanha que eu escalo desde criança, a montanha do Grande Costume, li isso no *Jogo da amarelinha*.

Essa montanha é o paraíso do Rio Branco e o meu inferno.

Lá as pessoas se refestelam no Grande Costume e se alimentam e bebem e transam e casam e enriquecem e prosperam e controlam e manipulam e corrompem e viajam e são filantropos e moram em bairros chiques e frequentam a sinagoga e pedem perdão pelos pecados só para poder pecar mais e melhor e torturam os mais fracos rasgando seus cadernos e chamam na lousa para conjugar o verbo reaver e proíbem as meninas de usar saia curta e rejeitam os esquisitos que não trazem toblerone para comer no lanche e ainda moram no bom retiro.

O único menino da escola que pareceu me dar bola foi o José, ele me chamou para ver *Lição de anatomia*, no Belas Artes. Mas foi só eu dizer "Eu te adoro" no meio do filme, para ele responder "Sabia que você ia dizer isso". Ele me achou selvagem. Ó Grande Costume, não deixeis os beijos serem selvagens, principalmente quando são beijos de mulheres!

No recreio, minhas únicas companhias eram o misto-quente com orégano e o Samuel, o único negro da escola. Passei em frente ao quartel na avenida Higienópolis e mostrei o dedo do meio para um policial, ele saiu correndo atrás de mim, eu corri mais e entrei num prédio, ele desistiu. Me enfiei no meio de uma passeata da TFP, os defensores da Tradição, Família e Propriedade, em frente ao Mappin, os homens mascarados, de túnicas brancas, e xinguei todos de filhos da puta. Saí correndo e ninguém me pegou. Fiz três vezes, de metrô, o trajeto Santana-Jabaquara, demorou mais de três horas e me senti como a Maga me escondendo de um Oliveira que não veio e não me achou.

Do que eu tenho tanta raiva, não sei. Mas como não teria?

O Ichud e o kibutz são lindos, mas Israel é um país autoritário. Autoritário por autoritário, fico aqui, no Renascença autoritário, num Rio Branco mais autoritário ainda, dentro de um país autoritário. Meus pais passaram pela guerra e vieram para cá encontrar o quê? Um país que parecia que ia, mas não foi. E seu Aron hoje é um homem frustrado que fica chorando no meu quarto e tem um segredo que não quer contar. A dona Lili aceita, "que vai fazer, assim é destino de gente, gente tem que aceitar e acredita, Nôemi, palavra minha, gente aguenta tudo. Se aguentei doze pessoas dormindo mesma cama, quando um virava todos tinha que virar junto, se aguentei menos trinta graus sem cobertor, verdade, gente aguenta tudo".

Existirá, meu Deus, meu deus, meus deuses e minhas deusas, um lugar e alguém para mim, que tenho raiva e dou beijos selvagens? Alguém quererá descer comigo da Montanha do Grande Costume, escorregar nela, procurar um Oliveira pelo metrô e começar a viver do Pequeno Descostume?

Começo

A rua Correia dos Santos está envolta em breu, não dá para enxergar nada. Estou na esquina com a Guarani, em frente à farmácia.

Um casal de velhinhos de mãos dadas se aproxima. Eles andam com dificuldade. Está muito escuro e mal conseguem me ver. Eu enxergo com mais nitidez: eles vêm de muito longe, no tempo e no espaço. Os dois usam chapéu, o dele está surrado e com a aba amassada, o dela coberto por um pequeno véu, que desce até os olhos. As roupas estão quase limpas, mas não disfarçam os anos de uso. Carregam sacos de pano e o salto do sapato dela está muito gasto, quase encostando no chão. Fizeram uma jornada longa, de uns 12 mil quilômetros e muitas décadas. Não sabem falar português, mas consigo entender o que dizem. Vêm da Polônia e estão atrás da família Jaffe. Você, por acaso, não seria Noemi, filha do Eri, que casou com a Tsunka? Tsunka... Como eles sabem o apelido da minha mãe? Sim, eles são Gershon e Esther Stern, os avós que não conheci. Minha mãe pensava que tinham morrido na câmara de gás, mas eles fugiram por uma vala. Escaparam dos nazistas, perambularam pela Europa fazendo todo tipo de trabalho, só para um dia poderem encontrar a filha no Brasil. Você é a Noemi, não é? Sim, sou. Não digo mais nada e o velho estende o braço adiante, como quem diz é por aqui. Ele vê "Correia dos Santos" na placa e confere no papel que tira do bolso desbeiçado do terno. De onde vem esse papel, como me encontraram, escaparam de Auschwitz? Não vou a lugar nenhum, não está escuro, vocês não existem. Mas o gesto dele é acolhedor. Que importa onde isso vai dar, eu penso, se são atores ou golpistas, e decido entrar na escuridão da rua, acompanhada do casal. A rua da fábrica dos meus pais, onde mostrei meus seios de oito anos para um caminhoneiro. O velho me acena e começamos pelo lado direito, andando devagar. A rua é de paralelepípedos e sigo rente aos dois, para que não caiam. Paramos alguns minutos e, no breu, começo a ver o vulto dos edifícios:

- bem na esquina, um prédio de dois andares. A dona Ada comprou os dois apartamentos do segundo andar e mora lá com o marido francês, Beibe, e seu buldogue, o Terrier. A sala é clássica, sofás e poltronas estofados de cetim e veludo, tapeçarias, mapas, naturezas-mortas (dona Ada tem um Picasso guardado na França), sem mezuzá na porta. Eles são modernos, cosmopolitas e já assistiram *Hamlet* em Paris. Têm casa em Ubatuba, jogam tênis no Espéria, seu Beibe tem um barco, esquia e o cabelo grisalho dele é penteado para trás, como um artista de cinema. Falam francês e ela é esperta nos negócios. Mas dona Ada, com todo o dinheiro que tem e as viagens que faz, me traz de presente uma caneta de hotel, uma caixa com lencinhos de papel ou uma blusa da sua fábrica, "com defeito pequenino, não tem importância". O Beibe é um bon vivant fútil e os dois se constrangem perto dos meus pais. Não, eu é que fico constrangida, porque queria ter aquela coleção de globos de acrílico com cenas de neve e servir chocolate com menta para as visitas. A dona Ada transformou a Lili em dona Lili. Foi sua professora de bons modos, roupas, artes, viagens e caipirinhas. Minha mãe se tornou uma mulher mais chique com a dona Ada, e elas se amam por isso. Talvez o que eu deteste mesmo é como minha mãe a admira, um modelo de mulher bem-sucedida, que decidiu não ter filhos para aproveitar mais a vida. Nada de shabat ou Pessach nem de comida kosher. Eles são um casal de judeus goim e, no fundo, dona Lili inveja essa vida;

• já enxergando melhor, uns vinte metros adiante, vejo uma porta de ferro estreita, baixa e decorada com estrelas de david. Uns quatro degraus a separam da rua e posso me agachar e espionar lá dentro, o pátio da escola Lubavitch, onde meninos ortodoxos passam correndo, balançando seus *tsitses* e jogando futebol. Meninos da minha idade gritam em ídiche, parecem personagens das histórias dos meus pais e dos livros judaicos. Talvez sejam da mesma época desses velhinhos que dizem ser meus avós. O casal também se acostuma com a pouca luz e vem comigo espiar pelo portão. Lá dentro está iluminado e aqui também, nos degraus aparece um facho de luz. É como se estivéssemos, o tempo todo, num palco. Subitamente, um rabino nos flagra, os três agachados, espionando os meninos. Ele levanta a voz e nos xinga, vergonha do judaísmo, pecando em plena rua, mas quando seus olhos encontram os de Gershon e, logo em seguida, os de Esther, ele solta um grito: Esther, Gershon, milagre, milagre, Deus ressuscitou vocês, devem ser anjos do Messias;

• Gershon parece ansioso e tenta apressar o passo, quer chegar logo no 179. Mas ainda está escuro e tenho medo. São muito velhos, estão cansados e, quem sabe, desapareçam, assim como chegaram. Se são alucinações ou personagens, se não estiver mesmo escuro na Correia dos Santos, continuo caminhando como se os dois existissem. Eles não só existem como estão ansiosos. Ele quer conferir se, apesar de órfã ainda menina, sua Tsunka foi feliz. Se ela e Eri construíram mesmo uma fábrica. Uma fábrica, diziam enchendo o peito e as bochechas: uma fábrica. Nossa Tsunka é costureira e vende mais de 2 mil saias por mês, Gershon, as saias da Lili estão nas vitrines do centro da cidade, até nas Lojas Marisa. O Eri alugou uma sala dos fundos e, em alguns anos, comprou a casa inteira.

Meu Deus, agora eu me lembro, eles não devem saber que a Tsunka e o Eri estão mortos. Não sei se conto, prefiro que desapareçam. Mesmo enxergando mal, os dois notam minha preocupação, não consigo mais andar direito e começo a arrastar as pernas. Os dois vêm até mim. Já sabem. Vieram só ver como eu estou e conhecer a fábrica do Eri. Estão passando rapidamente por São Paulo, vão embora ainda hoje. Logo mais. Me aprumo e suspiro aliviada. Chegamos finalmente ao 179, a fábrica dos meus pais. Nenhum facho de luz súbita ilumina o prédio de dois andares, atualmente uma igreja e uma escola coreana. Gershon cobre a boca aberta com a mão direita, *Got bentch*, os dois dizem em uníssono e choram baixinho, se abraçando. Ameaço dar risada desse filme ruim, mas choro também e, quando abro os olhos, o prédio desapareceu e vejo nitidamente a casa, a oficina na frente, o portão alto e estreito e um corredor que dá para os fundos no sobrado vazio que foi minha casa de bonecas, uma floresta polonesa e uma rede particular de televisão. Meu pai está encostado no portão rolante de ferro, dona Lili fuma um Minister e uma menina de uns seis anos está apoiada no Aero Willys, terminando um Eskibon. O Walter e o Armando estão saindo, já penteados e perfumados. Reconheço instantaneamente, é ela, a menina que foi me visitar no hospital. Ainda tenho a boneca da baianinha na bolsa.

Gershon estende as mãos para os céus, agradecendo a bênção de Deus. Vejam que fábrica o Eri e a Tsunka construíram, vem ver de perto, Esther.

Minha mãe está usando uma blusa de lã marrom surrada, só para o trabalho, calça justa, com barra na altura do tornozelo. Seu Aron tem o rosto cansado e sorri de lado, só porque o dia acabou. A menina ajuda o pai a fechar o portão rolante, aperta bem o cadeado redondo, o pai deixa que ela enfie o tubo para trancar. A menina sorri fácil, parece adorar essa responsabilidade e o portão rolante, sinal de que o pai é importante. Quem mais tem portão rolante no Bom Retiro? Ouço ela perguntar se podem passar no bar para comprar um sonho, a mãe diz que sim. Está frio.

Esther também está boquiaberta. O Eri, quem diria, filho da Czarna cozinheira e do Benjamin, do ferro-velho. Pobres como nós, o Eri era um menino sem juízo e olha, Gershon, quem ele se revelou. E você, Nôemi, nunca poderemos te agradecer por nos ter trazido até aqui. Não, eu digo, vocês é que surgiram do nada, bem na frente da rua Lubavitch, quer dizer, da antiga Correia dos Santos. Afinal, de que tempo vocês são? De ontem ou de hoje? Quer dizer, nem sei mais quando é hoje e quando é ontem, quinta-feira ou cinquenta anos atrás.

Eles vão caminhando até o bar, no térreo do prédio, o 159. Antes de chegar, a menina para em frente à portaria e pergunta ao zelador se chegou alguma coisa para ela, que está desesperada por uma carta do primo astronauta, que trabalha na Nasa. O foguete *Apolo 11* acaba de pousar na Lua, ela viu ontem na TV da mesinha de cabeceira. Não chegou nada ainda, menina, mas logo chega. No boteco, o pai pede uma coca-cola para beber de uma vez só, no gargalo, e a mãe tira quatro sonhos de dentro da lata e embrulha tudo em guardanapos. O balconista ri, é, dona Lili, a senhora gos-

202

ta de um guardanapo, hein? Lá na sua terra não tinha guardanapo, não? É *sarviete*, diz Eri, em iugoslavo se diz "sarviéte". Sorvete, a menina diz. Guardanapo, em iugoslavo, é sorvete.

Esther pergunta se conheço alguma joalheria por perto, ela quer comprar uma corrente com algum símbolo judaico, para agradecer a Deus pelo passado de sua Lili.

A escuridão acaba, já é dia e o movimento do Bom Retiro é intenso na rua Lubavitch. Meninas começam a se aproximar do portão do Santa Inês e funcionários chegam para o trabalho. Lembro de uma joalheria na Ribeiro de Lima, uma cabinezinha escondida, do lado da papelaria Weltman. Será que ainda está lá? Não acredito. O Bom Retiro de hoje não é mais um bairro judaico, embora não deixe de ser. É como se ele estivesse umedecido de judaísmo. Ou de passado, a mesma coisa. Se Amós Oz diz que ser judeu é gostar de ler, poderia ter dito também que é gostar de lembrar. Nu, passado, shpassado, ler livro, ser judeu, que diferença faz? Sim, está lá, a joalheria não é mais apenas uma cabine, e sim uma loja com vitrines laterais que exibem anéis, colares e pulseiras. No centro das duas vitrines, candelabros com as joias enroladas em velas fingidamente derretidas. Esther e Gershon se agacham e buscam um pingente específico: querem um *chai* dentro de uma estrela de david. Eu os ajudo e, oculta por trás de um resto de parafina falsa, vejo a correntinha e o símbolo.

Não importa o preço, vão comprá-la, apesar de não parecerem ter dinheiro. Mas, sim, de dentro da bolsa agarrada à axila, Esther tira um maço de dólares preso com um elástico de cabelo. Já sei que vão me oferecer a corrente e já sei que eu vou chorar. Eles não existem e nem a menina que acabei de enxergar na rua. O que querem, afinal?

Me afasto a pedido deles e, ansiosa, fico aguardando na rua os dois voltarem. Eis que só Esther reaparece no corredor da joalheria; ela me olha bem nos olhos e me estende um vaso de barro com uma única flor. Nada de correntinha nem de Gershon. Aceito a flor e, quando olho outra vez, a velha não está mais lá.

Fico sozinha na manhã de um Bom Retiro coreano, boliviano, judaico, quase em frente a uma sinagoga fechada, com pintura suja e portões enferrujados. Pessoas passam de lá pra cá enquanto seguro o vaso, a baianinha dentro da bolsa. Paro em frente a uma loja de cintos. A flor é laranja, só um botão. Uma florzinha. Fico indignada com o sumiço dos dois e com esse final feliz, meus avós vindo visitar a fábrica dos meus pais, comprando um *chai* dentro de uma estrela de david e essa florzinha laranja.

Meus avós vieram me dizer que basta, já posso terminar o livro.

Nisso, a porta se abre e entra ela, a menina, a secretária atrás, brigando, sai daqui, sua enxerida. Mas a garota pula no divã, se senta ao meu lado e pergunta: Noemi, você precisa responder. Agora. Você fez?

Olho bem nos olhos dela e não digo nada. Ela já sabe a resposta. Filha da mãe.

ESTA OBRA FOI COMPOSTA PELO ESTÚDIO O.L.M./ FLAVIO PERALTA EM MINION
E IMPRESSA EM OFSETE PELA GRÁFICA SANTA MARTA SOBRE PAPEL PÓLEN NATURAL
DA SUZANO S.A. PARA A EDITORA SCHWARCZ EM JUNHO DE 2025.

A marca FSC® é a garantia de que a madeira utilizada na fabricação do papel deste livro provém de florestas que foram gerenciadas de maneira ambientalmente correta, socialmente justa e economicamente viável, além de outras fontes de origem controlada.